KB213874

1930년대 조선인 가족과 일본인의 인간적 교류

니이미 난키치 **동화선**

아버지의 나라 외

니이미 난키치 지음/ 김정훈 옮김

K D books 케이디북스

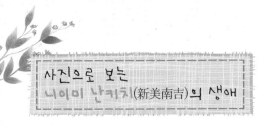

사진으로 보는
니이미 난키치(新美南吉)의 생애

난키치의 생가   어렸을 때 집의 가게에서 길 가는 사람들 바라보는 것을 좋아했음

어린 시절 ~ 중학교 시절

아버지가 운영하던 다다미가게
난키치는 중학교 때 자주 가업을 도왔음

절약정신이 강했던 아버지 와타나베 다조
난키치가 낭비하는 것을 꾸짖었음

초등학교 졸업사진(1926년)
가운데가 난키치. 성적이 우수했음

어머니 리에의 친정(난키치의 양가)
난키치는 8세 때 니이미 가문의 양자로 갔다가 할머니와의 쓸쓸한 생활을
못 견디고 5개월 후에 와타나베 집으로 돌아옴. 현재는 가미야미술관의 분관

초등학교 복도에서
니이미 쇼하치라고
본명을 사인으로 새김(1931년)

중학교 졸업앨범(1931년)

난키치가 다니던 구 한다중학교
(현 현립 한다고등학교)
당시 지타 군에서 유일한 중학교로
초등학교 선생님이 부친을 설득,
다다미가게 아들이 중학교에 진학
하는 것은 이례적인 일이었음

중학교 졸업을 기념해 친구들과
찍은 사진. 오른쪽 끝이 난키치(1931년)

기간제교사 시절

기간제교사로 근무하던 무렵의 한다 제2진조초등학교
(현 한다시립 야나베초등학교)

2학년 담임 때 남학생 아동들과 찍은 사진

도쿄외국어학교 정문
(현 도쿄외국어대학교)

독서하는 난키치

메이지신궁에서(1933년)

선배 시인 다고 요시(多胡羊歯)의 출판기념회에 참석(3번째 줄 중앙이 난키치)
앞줄 오른쪽에서 2번째부터 기타하라 하쿠슈(北原白秋), 다고 요시, 스즈키 미에키치(鈴木三重吉), 2번째 줄 왼쪽 끝은 다쓰미 세이카(巽聖歌)

영어 연극 「리어왕」에 여장하고 출연한 난키치(앞줄 오른쪽 끝)
난키치는 학생 연극서클에 소속되어 있었음(1935년)

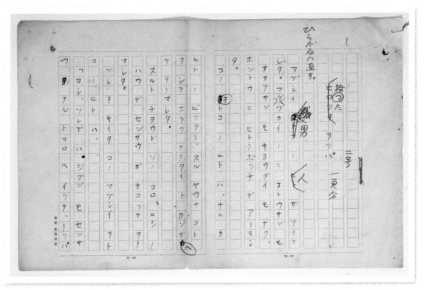

「주운 나팔」 원고

기모노를 입은 난키치
다쓰미 세이카의 집 앞에서(1936년)

난키치를 지원해 준 다쓰미 세이카
기타하라 하쿠슈에게서 배운 동문 선배

고와, 스기지 시절

바다가 보이는 고와초등학교의 언덕길
이곳에서 난키치는 기간제교사로
4학년 학생을 가르쳤음

**한다 시 남부
가라스네(鴉根)
산에 있던
스기지상회의
축금(畜禽)연구소**
난키치는 가라스네산의 기숙사에 기거하며
익숙지 않은 일에 종사했음

안조고등여학교(현 안조고등학교) 건물
당시 안조는 일본의 덴마크로 불릴 정도로 농업지대로 알려져 있었음

부임한 난키치는 갓 입학한 1학년(19회생)을
맡아 4년간 계속해서 담임을 함

학생들과 이와즈천만궁으로 소풍 가서(1941년)

교직원과 함께
뒷줄 오른쪽에서 2번째가 난키치(1939년)

학교 향토실에서(연도 불분명)

교정에서(1941년)

후지산에서 동료들과 찍은 사진
오른쪽 끝이 난키치(1939년)

전학하는 학생들과 함께(1941년)

난키치가 기거하던 집 앞에서
아버지 와타나베와 함께(연도 불분명)
난키치는 다다미가게가 아니라
조금 떨어진 장소에서 기거하고 있었음

4년간 담임하던 19회생 졸업기념

최초로 출간한 단행본
『료칸 이야기–고무공과 스님의 밥그릇』
(1941년 10월, 학습사)

제1동화집
『할아버지의 램프』 출간
(1942년 10월, 유광사)

난키치의 묘지
난키치는 한다 시내의
기타야(北谷) 묘지에 잠들어 있음

니이미 난키치 기념관(한다 시)
대표작 「금빛 여우」의 무대가 된 곳에 세워져 있음

니이미 난키치 기념관의 전시실

「장갑을 사러 간 아기 여우」의 모자가게를 재현한 관내의 장식

※ 사진은 일본 니이미 난키치 기념관이 제공하였음을 밝힙니다.

이 책을 읽는 분에게

일본 동화작가 니이미 난키치(1913~1943)는 국내에 어떻게 알려져 있을까? 중학시절부터 문학적 열정을 불태우며 동화, 시 등의 창작에 몰두, 30세의 젊은 나이로 생을 마쳤지만 다수의 작품을 통해 어린이와 청소년에게 인간의 순수함과 자연의 아름다움을 제시한 파스텔풍의 동화작가 정도로 알려져 있지는 않을까?

하지만 니이미 난키치의 세계를 그렇게 단순히 보기에는 그의 또 다른 면모가 중요한 의미를 지닌다. 청년시절 그가 어느 누구보다 당시 일본 사회의 모순에 대하여 심각한 고민을 하며 가슴앓이를 하고 있었다는 사실은 알려지지 않았기 때문이다.

니이미 난키치가 살았던 1930년대는 우리에게는 일제강점기였다. 하지만 일본 내에서도 정치권력이 국가주의만을 강조하며 영향력을 행사해 일본 민중을 탄압하던 시기였다. 일본 내 모순을 비판하던 고바야시 다키지라는 작가가 1933년 치안유지법으로 경찰에 연행돼 고문으로 희생되었던 사례만 봐도 얼마나 강압적인 사회 분위기였는지 느낄 수 있을 것이다.

청년시절의 그는 이러한 사회 분위기에 충격을 받고 소외된 약자 편에 서서 사회의 불의와 불평등한 현실에 맞설 생각을 하기도 했으며, 그런 생각을 작품을 통해 직접 묘사하기도 했다. 그의 작품에 반전평화 정신과 사회 메시지가 담긴 또 다른 주제가 보이는 것은 그와 같은 이유 때문이다.

이 책은 그런 작품으로만 엮었다. 따라서 이 동화선을 통해 우리는 당시 일본 제국주의의 강권정치에 맞서 인간성 회복과 휴머니즘을 추구하는 니이미 난키치상을 접할 수 있을 것이다. 또한 극한 상황 속에서 반전평화 정신이 강조되는 이색적인 장면과 마주할 수 있을 것이다.

시대와 국경을 초월해 인간의 보편적 가치가 무력과 억압을 타파하고 평화를 추구하는 본연의 모습에 있음은 새삼 강조할 필요도 없다. 니이미 난키치는 일본 제국주의가 대륙침략을 노골화하던 바로 그 시기에 일본 내 시대적 흐름에 반기를 들고, 인간 본연의 모습을 그린 흔치 않은 작가로 볼 수 있다.

일본의 양심적 시민단체인 '나고야 미쓰비시 조선여자근로정신대 소송지원회'의 소개로 니이미 난키치가 태어나고 자란 고장을 방문하였으며, 그의 새로운 면모를 접할 수 있었다. '나고야 미쓰비시 조선여자근로정신대 소송지원회'가 2010년 '근로정신대 할머니와 함께하는 시민모임'에 한국 학생들을 초청하고 싶다는 제안을 해 한·일 청소년 평화교류가 시작되었는데, 한·일 평화의 가치를 실현하기 위해 우정을 쌓는 과정에서 작가의 색다른 면모를 발견하게 되었다.

우리 근로정신대 할머니 피해자들을 돕기 위해 불철주야 고생하시는 '나고야 미쓰비시 조선여자근로정신대 소송지원회'에 감사드리며, '근로정신대 할머니와 함께하는 시민모임' 여러분께도 사의를 표한다. 한·일 시민연대의 중요성이 부각되고, 한·일 청소년들의 역사를 바로 보는 눈이 절실한 이 시기에 의미 깊은 동화작품으로 읽히기를 바란다.

2015년 4월
김정훈

차례

아버지의 나라

마을 옆에 전찻길을 만들려고 많은 조선인 도롯코 인부들이 와서 신사 동쪽 빈집에 살고 있었습니다.

아침 일찍부터 도롯코 소리가 차갑게 들렸습니다. 저녁이 되면 조선인들은 누런 팬티를 입고 삽을 질질 끌면서 돌아왔습니다.

게다가게 아주머니 집에서는 지카다비도 팔고 있었으므로 조선인들은 지카다비를 사러 자주 왔습니다.

"안녕하세요? 다비 주세요."

그렇게 말하며 조선인 한 사람이 들어왔습니다. 게다 집 입구를 막을 정도로 몸집이 큰 사람이었는데 그는 여자애를 하나 데리고 있었습니다.

"네, 크기가 얼마나 되나요?"

"11문 반 정도입니다."

도롯코 공사장 등에서 사용하는 광차
지카다비 일본 버선 모양의 노동자용 작업화

게다 일본 나막신

"자 여기 있습니다. 신어보세요."

아주머니가 아라레를 종이에 조금 싸서 조선옷을 입고 온 여자애에게 주자, 여자애는 수줍어하며 지카다비를 신고 있는 아버지 뒤로 숨었습니다.

"착한 애구나, 자 줄게."

아버지는 지카다비를 신으면서 "받아라"라고 말했습니다.

여자애는 작은 손을 펼쳐 아라레를 받았습니다.

아버지의 지카다비는 11문 반으로는 작아서 발뒤꿈치가 들어가지 않았습니다. 아주머니는 큰 발이라고 생각했습니다. 그래서 거의 팔리지 않는 12문(※ 약 29센티 정도)을 선반 가장자리에서 꺼냈습니다.

12문은 꼭 맞아 신을 수 있었습니다.

"됐어"라고 하며 아버지는 돈을 지불했습니다.

너무나 귀엽기에 아주머니가 "귀여운 애로구나"라고 하자 무슨 뜻인지 몰랐는지,

"네?"라고 하며 아버지는 아주머니 얼굴을 쳐다보았습니다.

"귀여운 애로군요."

"모르겠어요."

아버지는 고개를 좌우로 저으며 웃었습니다. '가와이라시이'라는 말을 알지 못했습니다.

아라레 일본 쌀과자   가와이라시이 귀여운

"나이는 몇 살이에요?"

"32살."

"댁의 나이가 아니라, 이 애 나이요."

아주머니는 웃음을 터트리며 여자애를 가리켰습니다.

아버지는 얼굴을 붉히며

"7살"이라고 말했습니다.

"이름이 뭐예요?"

"이름, 이름요? 츠야코."

아버지는 그렇게 말하며 여자애의 손을 잡았습니다.

조선인 아버지와 딸이 사라지자 아주머니는 다시 바느질감을 손
에 쥐었습니다.

점심때가 다가오므로 점심준비는 무엇으로 할 것인지를 생각했습
니다.

●

츠야코가 놀러 왔을 때,

"오토상은 그쪽 말로 뭐라고 해?"

그렇게 말하며 게다가게 아주머니가 물었습니다.

"아버지."

"오카상은?"

"엄마."

"엄마?"

"응, 엄마."

"엄마, 엄마"라고 말하며 아주머니가 웃자 츠야코도 웃었습니다.

츠야코는 흰색과 검은색의 아름다운 조선옷을 입고 있었습니다. 아주머니가 좋은 옷이라며 칭찬하자 츠야코는 더 좋은 옷도 있다고 말했습니다.

"아, 그래?" 하면서 아주머니는 '역시 조선애도 좋은 옷 입는 것을 기뻐하는구나' 하고 생각했습니다.

"다녀왔습니다"고 하면서 아주머니의 아들이 학교에서 돌아왔습니다. 아주머니의 아들은 중학교 5학년(구식 중학교 최고학년)이었습니다.

츠야코는 아주머니의 아들을 보자 눈을 깜빡거리며

"아버지—"라고 불렀습니다.

아주머니는 웃으며 '아버지'는 '오토상'이라는 의미라고 아들에게 가르쳐주었습니다.

●

츠야코의 어머니는 해질 무렵이 되면 큰 목소리로 "츠야—, 츠야—" 하며 항상 츠야코를 찾았습니다. 그 목소리가 마을 하나(약 110미터) 정도 떨어져 있는 게다가게의 아주머니 집까지 들렸습니다.

츠야 츠야코의 애칭

아주머니는 저녁식사 때 그 이야기를 했습니다.

"조선인은 큰 목소리로 아이 이름을 불러. '츠야—, 츠야—' 하며. 마치 두부장수처럼."

아주머니의 아들은 "응"이라고 대답했습니다. 하지만 다른 생각을 하고 있었습니다.

●

전등 밑에서 게다가게 아주머니가 뜨개질을 하고 있었습니다. 흰 털실이었습니다. 아주머니는 아들에게 재킷을 짜줄 셈이었습니다. 아들은 2엔이나 하는 재킷을 사달라고 했습니다. 아주머니는 그런 돈이 없다며 자기가 직접 짜기로 했습니다.

츠야코를 업은 츠야코의 어머니가 게다를 사러 와서 빨간 줄의 값싼 게다를 샀습니다.

츠야코의 어머니는 일본어를 잘 알지 못했기에 게다가게 아주머니는 벙어리와 얘기하듯 손짓을 해보였습니다.

"이곳이 좋아요? 아님 조선이 좋아요?"라고 물어도 웃으면서 무슨 뜻인지 모르겠다고 고개를 저었습니다.

츠야코는 잠들어 있었습니다. 황마(黃麻)의 마대 같은 것에 츠야코는 업혀 있었습니다. 아주머니는 저녁식사를 하며

"조선인은 황마 마대로 아이를 업고 있어"라고 말했습니다.

빨간 양초

산에서 마을로 놀러 간 원숭이가 빨간 양초 한 개를 주웠습니다. 빨간 양초는 그렇게 흔하게 보이지 않습니다. 그래서 원숭이는 빨간 양초를 불꽃이라고 믿어버렸습니다.

원숭이는 주운 빨간 양초를 소중하게 산으로 가져갔습니다.

산은 매우 소란스러워졌습니다. 여하튼 불꽃이라는 것을 사슴도, 멧돼지도, 토끼도, 거북이도, 족제비도, 너구리도, 여우도 아직 한번도 본 적이 없습니다. 그 불꽃을 원숭이가 주워왔다고 말합니다.

"와, 훌륭하다."

"이거 멋진 것이구나."

사슴이랑 멧돼지랑 토끼랑 거북이랑 족제비랑 너구리랑 여우가 밀치락달치락하며 빨간 양초를 들여다봤습니다. 그러자 원숭이가,

"위험, 위험해. 그렇게 바짝 붙으면 안돼. 폭발하니까"라고 말했습니다.

모두 놀라서 물러섰습니다.

그곳에서 원숭이는 불꽃이라는 것이 얼마나 큰 소리를 내고 튀어

오르는지, 그리고 얼마나 아름답게 하늘에 퍼지는지 모두에게 들려주었습니다. '그렇게 아름다운 것이라면 꼭 보고 싶다'고 모두 생각했습니다.

"그렇다면 오늘밤 산꼭대기로 가서 그곳에서 쏘아 올리자"라고 원숭이가 말했습니다. 모두들 매우 기뻐했습니다. 밤하늘에 별을 뿌리듯 일제히 퍼지는 불꽃을 떠올리며 모두 황홀해 했습니다.

그 뒤 저녁이 찾아왔습니다. 모두 가슴을 두근거리며 산꼭대기로 모여들었습니다. 원숭이는 벌써 빨간 양초를 나뭇가지에 묶어두고 모두가 오기를 기다리고 있었습니다.

"드디어 이제 불꽃을 쏘아 올릴 거야." 하지만 곤란한 일이 생겼습니다. 왜냐하면 누구도 불꽃에 불을 붙이려 하지 않았기 때문입니다. 모두 불꽃을 보는 것은 좋아했습니다만 불을 붙이러 다가가는 것은 좋아하지 않았습니다.

이래서는 불꽃이 타오르지 않습니다. 그래서 제비뽑기를 하여 누가 불을 붙이러 갈 것인지를 정하기로 했습니다. 제일 먼저 뽑힌 것은 거북이었습니다.

거북이는 용기를 내서 불꽃 쪽으로 다가갔습니다. 그렇지만 제대로 불을 붙일 수 있었을까요? 아니, 아닙니다. 거북이는 불꽃 옆까지 갔지만 저절로 목이 움츠러져 나서지 못했습니다.

그래서 다시 제비뽑기를 하여 이번에는 족제비가 가게 되었습니다. 족제비는 거북이보다 나았습니다. 왜냐하면 목을 움츠리지 않앉기 때문입니다. 하지만 족제비는 심한 근시였습니다. 그러므로 양초 주위를 흘금흘금 서성거릴 뿐이었습니다.

결국 멧돼지가 뛰어나왔습니다. 멧돼지는 매우 용맹스런 동물이었습니다. 멧돼지는 다가서더니 진짜로 불을 붙어버렸습니다.

모두 깜짝 놀라 풀숲에 뛰어들어 귀를 꽉 막았습니다. 귀뿐만 아니라 눈도 가렸습니다.

그러나 양초는 뺑하고 터지기는커녕 조용히 탈 뿐이었습니다.

주운 나팔

가난한 사내가 있었습니다. 아직 젊은데 아버지도 어머니도 형제도 없는 정말로 외톨이였습니다.

이 사내는 뭔가 다른 사람이 깜짝 놀랄 일을 해서 훌륭한 사람이 되겠다고 생각하고 있었습니다.

그런데 마침 그 무렵 서쪽 지방에서 전쟁이 일어났습니다.

그 소식을 들은 이 가난한 사내는

"좋아, 그러면 나도 전쟁터에 가서 훌륭한 공로를 세워 대장이 될 테야"라고 혼잣말을 되뇌었습니다.

그 뒤 이 사내는 서쪽으로 길을 떠났습니다. 하지만 돈이 없었기에 기차나 자동차를 탈 수는 없었습니다. 그래서 구걸하면서 이 마을에서 저 마을로 터벅터벅 발길을 옮겼습니다.

"전쟁터는 어디입니까? 전쟁터는?" 하고 가는 곳마다 물으며 이 사내는 한 달, 두 달 계속 여행을 했습니다.

그러자 점점 전쟁터가 가까워졌는지 때때로 먼 곳에서 희미하게 대포 쏘는 소리가 들려왔습니다.

"아, 대포소리가 들려오네. 어쩌면 이렇게 우렁찰까?"

사내는 가슴을 두근거리며 발길을 재촉해 나아갔습니다.

그리하여 저녁 무렵이 지나 모두 잠들어 조용해진 마을에 도착했습니다. 매우 조용한 마을이어서 개 짖는 소리도 들리지 않았습니다. 집집의 창문은 모두 굳게 닫혀 있었으며 가로등에는 불이 켜있지 않았습니다. 사내는 꽃밭 옆 어느 초가집 헛간에 들어가 푹 잤습니다.

자신이 훌륭한 대장이 되어 가슴에 잇달아 훈장을 걸고, 번쩍번쩍 빛나는 검을 쥐고 몸을 뒤로 젖힌 채 말 위에 올라탄 꿈을 꾸었습니다. 그러자니 이윽고 날이 밝아 아침이 되었습니다.

사내가 잠에서 깨어보니 이건 또 어찌된 일일까요? 눈앞의 꽃밭이 엉망진창으로 짓밟혀 있었습니다.

'그런데 이렇게 아름다운 꽃밭을 누가 망쳐났을까?' 하고 사내가 쓰러진 한 송이의 양귀비꽃을 일으켜 세우려고 하자 그 아래 놋쇠나팔 하나가 떨어져 있었습니다.

사내는 나팔을 발견하고 꽃을 일으켜 세우려는 것도 잊은 채, '아, 이거다. 이것만 있으면 난 공로를 세울 수 있어. 난 나팔수가 될 거야'라고 생각하며 대단히 기뻐했습니다.

그런데 그 마을은 아침이 되어도 누구 한 사람 밖으로 나오지도 않았고 창문도 열지 않았습니다. 하지만 사내는 기뻐서 어찌할 바를 모르는 상태였기 때문에 그런 일 따위는 염두에 두지 않고 나팔을

불면서 거닐었습니다.

사내는 마침 배가 고플 무렵 또 한 마을로 들어갔습니다. 그 마을에는 사람이 별로 없었지만, 인기척이 약간 남아 있었습니다.

사내는 어느 집 창문 아래 서서,

"배가 고파 견딜 수가 없습니다. 먹을 것 좀 주세요"라고 부탁했습니다.

집에는 노인 두 사람이 있었는데, 마침 빵 하나를 둘로 나누려던 참이었습니다. 하지만 배고파하는 사내를 불쌍하게 생각해 빵을 3등분하여 한 조각을 사내에게 건네주었습니다.

"당신은 이제 어느 쪽으로 가려는 겁니까?" 하고 친절한 노인은 젊은 사내에게 물었습니다.

"이제 전쟁터에 가렵니다. 전 나팔수가 되어 열심히 활동하겠습니다"라고 젊은 사내는 대답하며 노인들 앞에서 용감하게 나팔을 불었습니다.

"뚜뚜 따따 뚜뚜 따따

모두모두 모여라,

겁을 들어라.

뚜뚜 따따 뚜뚜 따따

대포를 메라,

깃발을 들어라.

뚜뚜 따따 뚜뚜 따따

자, 자 서둘러라,

전쟁터로.

뚜뚜 따따 뚜뚜 따따

뚜뚜 따따 뚜뚜 따따."

듣고 있던 노인은 깊은 한숨을 내쉬고는

"전쟁은 이제 됐어요. 전쟁 때문에 우리들 밭은 망가졌고 먹을 것은 없어졌습니다. 우리는 앞으로 어찌하면 좋을까요?"라고 한탄했습니다.

사내가 노인과 헤어지고 계속 걷다 보니 정말이지 그 노인이 말한 대로 밭은 대포바퀴와 말발굽으로 완전히 뭉개져 있었습니다.

여느 마을에도 사람은 별로 없었고, 남은 사람들은 모두 창백하고 야윈 얼굴을 하고 있었습니다.

사내는 이 사람들이 불쌍하게 느껴졌습니다. 그래서 전쟁터에 가는 것을 포기하기로 했습니다.

"그래, 이 불쌍한 사람들을 도와드려야 한다."

사내는 이 마을 저 마을에 남아 있는 사람들을 한곳으로 모았습니다.

"여러분, 힘을 내세요. 힘을 내서 짓밟힌 밭을 일구고 보리씨를 뿌립시다"라며 사내는 사람들에게 호소했습니다.

사람들은 힘을 내 밭에서 일하기 시작했습니다.

아침에 가장 일찍 일어난 사람은 그 사내였습니다. 해 뜨기 전부터 사내는 밭 한가운데 언덕 위에 올라 나팔을 불었습니다.

"뚜뚜 따따 뚜뚜 따따

모두모두 일어나,

이제 아침이다.

뚜뚜 따따 뚜뚜 따따

괭이를 들고,

밭으로 나가자.

뚜뚜 따따 뚜뚜 따따

씨를 뿌리자,

보리씨를.

뚜뚜 따따 뚜뚜 따따

뚜뚜 따따 뚜뚜 따따."

그러자 사람들은 말, 소와 함께 밭으로 나와 부지런히 일했습니다.

　이윽고 뿌린 씨에서 싹이 나왔고 들판 전체에 보리가 무르익는 계절이 찾아왔습니다.

장홍륜張紅倫

1

봉천(奉天) 대전쟁 수일 전의 어느 날 한밤중이었습니다. 우리 어느 부대 대대장 아오키(青木) 소좌가 밭 한가운데 서 있는 보초를 감시하며 걷고 있었습니다. 보초는 지시받은 지점에 돌처럼 우뚝 서서 혹독한 추위와 졸음을 참아가며 경비에 임하고 있었습니다.

"제3보초, 이상 없나?"

소좌는 작은 소리로 말을 걸었습니다.

"네, 이상 없습니다."

보초의 답변이 주위의 공기 속으로 낮게 울려 퍼졌습니다. 소좌는 다시 걷기 시작했습니다.

머리 위에서 작은 별 하나가 희미하게 깜박이고 있었습니다. 소좌는 그 빛을 쳐다보며 발소리를 낮추어 계속 걸었습니다. 조금 걷다가 다음 보초 모습이 보일 거라 생각되는 지점에서 소좌는 그만 발을 헛디뎌 언 흙덩이를 뒤집어쓴 채 '쿵' 하고 깊은 구덩이 속으로

봉천 중국 현 요녕성 심양시로, 러일전쟁 최후의 전쟁터

빠지고 말았습니다.

뜻밖의 일을 당한 소좌는 잠시 동안 구덩이 밑바닥에서 멍하니 있었습니다. 주변 어둠에 익숙해지고 마음도 안정되자 구덩이 속의 상황을 어렴풋이 파악하게 되었습니다. 구덩이는 4미터 이상 되는 깊이였으며, 바닥이 넓고 물이 마른 오래된 우물이었습니다.

소좌는 소리를 내 보초를 부르려고 했습니다만, 깊은 우물 안이었으므로 보초가 있는 곳까지 목소리가 미칠지 확실치 않았고, 만일 러시아 정찰대에게 들키면 어이없이 죽임을 당할 게 틀림없다고 생각해서 그대로 잠자코 주저앉았습니다.

내일 아침이 되면 누군가가 발견해서 끌어 올려줄 거라 생각하며 둥그런 우물 입구에서 별이 총총한 밤하늘을 바라보고 있었습니다. 그러다가 우물 안이 의외로 따뜻해서 꾸벅꾸벅 졸기 시작했습니다.

문득 잠에서 깨어보니 벌써 날이 밝았습니다. 소좌는 "아앙" 하고 하품을 하며 붉게 비치는 하늘을 쳐다본 뒤,

'어찌하면 좋을까?' 하고 마음속으로 중얼거렸습니다.

머지않아 아침노을로 붉은 하늘은 코발트색으로 변하였고, 이윽고 짙은 물빛색으로 바뀌어갔습니다. 소좌는 누군가 찾아주지 않을까 하고 지치도록 기다렸지만 누구도 이곳에 우물이 있는 것을 눈치채지 못하는 낌새였습니다. 위를 보니 길고 짧은, 여러 형태를 띤 구름조각이 계속 하얗게 지나고 있을 뿐이었습니다.

드디어 점심 무렵이 되었습니다. 아오키 소좌는 배도 고팠고 목도

말랐습니다. 매우 초조해져서 큰 소리로 "어이, 어이"라고 여러 번 외쳐보았습니다. 하지만 자신의 목소리가 벽에 울릴 뿐 누구도 대답해 주는 사람은 없었습니다.

소좌는 소용없다고 생각하면서도 몇 번이나 우물 입구에서 내려온 덩굴 풀의 끄트머리에 뛰어 매달리려고 했습니다. 결국,

"아아" 하며 너무 지쳐서 우물바닥에 털썩 주저앉고 말았습니다.

마침내 해가 지고 싸늘한 초저녁의 어둠이 찾아왔습니다. 어제 저녁의 작은 별이 같은 곳에서 외롭게 빛나고 있었습니다.

'난 이대로 죽을지도 모르겠어.' 소좌는 문득 그런 생각이 들었습니다.

'새삼스레 죽음이 두렵지는 않아. 하지만 전쟁에 참여해서 이런 오래된 우물 속에서 비참한 최후를 마치는 건 너무 분해. 죽는다면 적의 총알에 맞아 장렬하게 죽고 싶다'고 생각했습니다.

얼마 지나지 않아 소좌는 피곤함과 공복으로 깊은 잠에 빠졌습니다. 그건 잠이라면 잠이었지만 거의 기절한 것과 마찬가지 상태였습니다.

그런 후 얼마나 지났을까요? 소좌의 귀에 뜻밖에 사람 목소리가 들려왔습니다. 하지만 소좌는 비몽사몽 상태여서 확실히 깨어날 수 없었습니다.

'아아, 지옥에서 저승사자가 맞이하러 왔을까?'

소좌는 그렇게 꿈처럼 생각하고 있었습니다. 그러자 귓가에 사람들 목소리가 점점 확실히 들려왔습니다.

"정신 차리세요"라고 중국어로 말했습니다. 소좌는 중국어를 조금 알고 있었습니다. 그 말에 깜짝 놀라 눈을 떴습니다.

"정신이 드나요? 도와드릴게요"라고 말하며 옆에 서 있던 사내가 안아 일으켜 세워주었습니다.

"고맙습니다" 하고 소좌는 대답하려 했지만 목이 굳어져서 목소리가 나오지 않았습니다.

사내는 우물 입구에서 내려뜨린 줄 끝으로 소좌의 몸통을 묶어두고, 자신이 먼저 그 줄을 잡고 올라간 뒤 줄을 양손으로 번갈아 당겨서 소좌를 우물 밖으로 끄집어 올렸습니다. 소좌는 반짝이는 한낮의 하늘과 땅이 눈을 파고드는 순간, '아 살았다'라고 생각했지만 그대로 정신을 잃고 말았습니다.

2

소좌가 업혀간 곳은 오두막처럼 볼품없는 중국 농부의 집이었는데, 장어개(張魚凱)라는 아버지와 장홍륜(張紅倫)이라는 아들, 이 둘이서 가난하게 지내고 있었습니다. 남색 중국옷을 입은 열서너 살의 소년 홍륜은 소좌의 베개맡에 앉아서 간호해 주었습니다. 홍륜은 커다란 사발에 깨끗한 물을 한 잔 퍼와서 말했습니다.

"제가 저 밭길을 지나고 있을 때 사람의 신음소리가 들렸습니다. 이상하다고 생각해 주위를 둘러보았더니 우물 바닥에 댁이 쓰러져 있기에 달려가서 아버지에게 말했습니다. 그 뒤 아버지와 저는 줄을 가지고 가서 끌어올렸던 것입니다."

홍륜은 기쁜 듯이 눈을 번뜩이며 얘기했습니다. 소좌는 사발의
물을 벌컥벌컥 들이켠 뒤 납득하며 일일이 감사의 마음을 담아 고개
를 끄덕였습니다.

그 후 홍륜은 일본에 대해 여러 가지를 물었습니다. 소좌가 일본에
서 기다리고 있는 홍륜과 같은 나이 또래의 자기 아이에 대해 얘기하
자 홍륜은 대단히 기뻤습니다. "저도 일본에 가고 싶어요, 그리고 댁
의 아들과 친구가 되고 싶어요"라고 말했습니다. 소좌는 이러한 얘기
를 할 때마다 일본의 일을 떠올리며 작은 창문을 통해 뒤쪽 밭 건너편
을 응시했습니다. 멀리서 쿵쿵 하는 포성이 계속 들려왔습니다.

그 상태로 4~5일이 지난 어느 해 질 무렵이었습니다. 이제 전쟁도
끝났는지 포성도 뚝 멈췄습니다. 창문으로 보이는 하늘이 붉게 타올
라 이상하게 쓸쓸한 광경이었습니다. 하루 종일 밭에서 일하던 장어
개가 돌아왔습니다. 그리고 소좌의 베개맡에 허둥지둥 앉더니,

"곤란하게 되었습니다. 마을 사람들이 당신을 러시아 병사에게 넘
긴다고 합니다. 오늘밤 모두 당신을 잡으러 올 듯합니다. 빨리 이곳
을 떠나세요. 아직 움직이는 게 무리겠지만 한시라도 지체해서는
안됩니다. 빨리 떠나세요. 빨리"라고 재촉했습니다.

소좌는 이제 그럭저럭 걸을 수 있을 것 같아서 지금까지 신세진
것에 대해 충분히 예의를 표하고, 홍륜의 집을 나왔습니다. 밭길로
나가 뒤를 돌아보니 홍륜이 뒷문으로 얼굴을 내밀고 서운한 표정으

로 소좌 쪽을 응시하고 있었습니다. 소좌는 되돌아가서 커다란 회중
시계를 풀어 홍륜의 손에 쥐어주었습니다.

소좌는 몸을 구부린 채 어두워져가는 밭 위를 타고 봉천을 목표로
들쥐처럼 달려갔습니다.

3

전역을 마치자 소좌는 일본으로 돌아갔습니다. 그 후 소좌는 퇴역
하여 한 도시의 어느 회사에서 근무했습니다. 소좌는 때때로 장 아
버지와 아들이 생각나서 사람들에게 그 이야기를 했습니다. 장 아버
지와 아들에게는 몇 번이나 편지를 보냈습니다. 하지만 그쪽에서는
그것을 읽을 수 없었는지 한번도 답장을 해주지 않았습니다.

전쟁이 끝난 뒤 10년이나 지났습니다. 소좌는 그 회사에서 꽤 높
은 직책에 올랐고 아들도 훌륭한 청년이 되었습니다. 홍륜도 분명히
믿음직스러운 젊은이가 되었을 거라고 소좌는 자주 말했습니다.

어느 날 오후 회사 사무실로 젊은 중국인이 찾아왔습니다. 파란
옷에 삼베로 짠 구두를 신고 팔에 바구니를 걸치고 있었습니다.

"안녕하세요? 만년필 어떻습니까?" 하며 바구니를 열어 접수처 사
내에게 들이밀었습니다.

"필요없어"라며 접수처 사내는 귀찮은 듯이 거절했습니다.

"먹 어떻습니까? 붓 어떻습니까?"

"먹도 붓도 필요없어. 많이 있으니까"라고 대답했을 때, 안쪽에서

아오키 소좌가 나왔습니다.

"어이, 만년필 사줄게" 하고 소좌가 말했습니다.

"만년필 쌉니다."

주위에서 일하던 사람들도 소좌가 만년필을 산다고 했기 때문에 두 사람 주위로 모여들었습니다. 여러 만년필을 소좌가 손에 쥐고 보고 있을 때 중국인은 소좌 얼굴을 계속 지켜보고 있었습니다.

"이거 하나 살게. 얼마지?"

"1엔 20전이에요."

소좌는 지갑에서 은화를 꺼내 건넸습니다. 중국인은 바구니를 정리한 후 공손히 절을 한 뒤 나가려고 하면서 바구니에서 회중시계를 꺼내 시간을 보았습니다.

소좌는 문득 그 장면을 목격하고,

"아, 잠시 기다려. 그 시계 보여주지 않을래?"

"시계요?"

중국인은 왜 그런 말을 하는지 이해할 수 없다는 표정으로 머뭇거리면서 꺼냈습니다. 소좌가 시계를 건네받아 보니 그것은 분명 10년 전 자신이 장홍륜에게 준 시계였습니다.

"자네, 장홍륜이라고 하지 않나?"

"네?" 하고 중국인 젊은이는 깜짝 놀란 듯 말했습니다만 곧장,

"전 장홍륜이 아니에요"라며 고개를 저었습니다.

"아니야, 자네가 장홍륜이지? 내가 오래된 우물 속에 추락했을 때

구출해 준 일을 기억하고 있겠지? 난 헤어질 때 이 시계를 자네에게 주었네."

"저는 홍룬이 아니에요. 당신처럼 훌륭한 사람이 구덩이에 빠질 리가 없어요"라고 말하며 듣지를 않았습니다.

"그럼 이 시계는 어떻게 손에 넣었지?"

"샀어요."

"샀어? 샀다고? 그래? 그렇더라도 매우 비슷한 시계가 있네그려. 아무튼 자네는 홍룬을 쏙 빼닮았네. 이상하군. 아냐, 미안. 불러 세워서."

"안녕히 계세요."

중국인은 다시 한 번 꾸벅 절을 하고 나갔습니다.

그 다음날 회사에 소좌 앞으로 이름 없는 편지가 도착했습니다. 열어보니 읽기 어려운 중국어로,

"저는 홍룬입니다. 그 오래된 우물에서 도와드린 후로 벌써 10년이나 지난 오늘, 당신을 만나다니 꿈만 같습니다. 저를 잊어버리지 않고 잘 기억하시더군요. 저의 아버지는 작년에 돌아가셨습니다. 전 당신과 이야기를 나누고 싶습니다. 하지만 고백하자면, 중국인인 제게 당신이 오래된 우물 안에서 구출됐던 사실이 알려지면 당신의 이름에 누가 되겠죠. 그래서 당신에게 거짓말을 했어요. 저는 내일 중국으로 돌아갈 예정입니다. 몸 건강히 안녕히 계세요." 그러한 내용이 대략 쓰여 있었습니다.

귀

1

어느 날 규스케(久助) 군은 욕탕에 들어가 있었다. 밤이라 해도 시골에서는 어둠이 찾아온 뒤부터 욕탕에 들어간다. 욕탕이라지만 시골 욕탕은 '고에몬부로(五右衛門風呂)'라는 혼자만 들어갈 수 있는 목욕통과 같은 욕탕이다.

규스케 군은 따분한 듯 첨벙첨벙 소리를 내며 목욕하고 있었다. 욕탕 속에서 하모니카를 부는 것과 노래를 부르는 것은 하지 말라고 일전에 아버지에게 엄격하게 주의를 받은 터였다. "욕탕 속에서 하모니카를 불거나 콧노래를 부르는 놈은 분명히 우리 집 가산을 탕진할 거야"라고 말했다. 규스케 군은 가헤이(加平) 군의 집 소외양간이 일전에 점점 기울어 벽이 개구리 배처럼 바깥쪽으로 부풀어서 결국 무너져버린 것을 잘 알고 있었다. 그래서 자기 집이 그렇게 되는 것은 바람직하지 않다고 생각해 하모니카도 노래도 그만두었다.

하모니카와 노래를 그만두었더니 규스케 군에게 욕탕은 재미없는

고에몬부로 부뚜막 위에 직접 거는 철제 목욕통

곳이 되었다. 아무것도 할 일이 없었다.

그래서 규스케 군은 뭔가 하나를 생각해 보기로 했다.

하지만 생각이라는 것은 바로 쉽게 떠오르는 것이 아니다. 도대체 어떤 생각을 해야 좋을까?

그때 '어떤 생각을 할까?' 하고 자신의 귀를 잡아당겼더니 실로 훌륭한 생각의 실마리가 풀렸다.

귀에 관한 것이다. 하나이치(花市) 군의 귀에 관한 이야기다.

하나이치 군은 보통 사람보다 큰 귀를 가지고 있다. 그 귀는 살이 두툼하고 부드럽고 붉은색을 띠고 있다. 그 두 귀가 하나이치 군의 매우 둥근 달과 같은 얼굴의 양쪽에 부채를 펼친 듯한 형태로 붙어 있다. 하나이치 군은 언제나 두 귀 사이로 눈을 가늘게 뜨고 생글생글 웃고 있는 것이다.

규스케 군은 이 하나이치 군의 귀를 자주 만진다. 물론 규스케뿐만 아니다. 마을 애들이라 해도 하나이치 군보다 모두 상급생인데 전부 그런 행동을 한다. 실은 규스케 군은 자신이 나서서 그런 일을 한 적은 없다. 단지 다른 사람이 하니까 따라서 할 뿐이다.

또한 하나이치 군의 두 귀를 보면 왠지 만지고 싶어진다. 사람은 고양이 등을 보면 쓰다듬고 싶고, 어린애의 작은 손을 보면 주무르고 싶어진다. 그와 마찬가지로 규스케 군 일행은 하나이치 군의 귀를 보면 만지고 싶어서 근질근질해지는 것이다.

만일 누군가가 규스케 군의 귀를 만지러 온다면, 그런 일이 때때로 일어난다면 규스케 군은 분개할 것이다. "내 귀는 장남감이 아냐. 놀리지 말라니까" 하며 상대를 들이받을 것이다. 규스케 군이 아니라 도쿠이츠(德一) 군도 헤타로(兵太郎) 군도 오토지로(音次郎) 군도 그렇게 할 것이다.

하지만 하나이치 군은 지금까지 화를 낸 적이 한번도 없었다. 모두가 요란스레 귀를 만지기 시작하면 "아파" 하며 도망친 적은 있지만 그때도 생글생글 웃고 있었다. 그래서 규스케 군 일행은 하나이치 군의 귀를 주무르는 것만은 특별한 법률로 허락받은 듯이 생각하고 있었던 것이다.

도대체 하나이치 군은 그런 일을 당할 때 무슨 생각을 하고 있을까? 생글생글 웃는 모습을 보면 화내고 있지는 않다고 하나 무슨 생각을 하는지 알 수가 없다.

알지 못한다고 한다면 규스케 군 일행은 하나이치 군에 대해서 너무나 모른다. 이 마을에서 읍내의 초등학교(이 마을은 작아서 초등학교가 없다)에 다니는 사람은 남자가 18명, 여자가 9명이지만, 남자 18명 중에 5학년은 하나이치 군 한 사람이다. 규스케 군, 도쿠이츠 군, 헤타로 군, 오토지로 군 등은 모두 6학년이다. 그러므로 하나이치 군이 학교에서 유능한 학생인지 어떤지 규스케 군 일행은 알 수 없었다. 게다가 하나이치 군은 생글거리며 웃고만 있었지 그다지 말이 없었다. 그래서 모두에게 잊혀질 때도 있었다.

그런데 이러한 일도 있었다. 어느 비오는 날에 5학년과 6학년이 교실에서 전쟁놀이를 했다. 규스케 군은 포로가 되어 5학년 교실로 끌려갔다. 교실 벽에는 그림이 대여섯 장 붙어 있었다. 어느 것이나 다 훌륭했는데, 제일 위에 붙어 있는 산을 그린 수채화가 규스케 군의 눈을 매료시켰다. 색이 다양하고 매우 아름다웠던 것이다. 규스케 군도 그림을 잘 그렸지만 이 그림처럼 색을 대담하고 풍부하게 칠하지는 못했다. 이 그림과 비교하면 자신의 그림은 뭔가 윤기가 없어서 빈약한 모습이었다. 규스케 군이 살그머니 저건 누구의 그림이냐고 물었더니 하나이치 군이 그렸다고 했다.

그런 일도 있었지만 금방 잊어버렸다. 그리고 하나이치 군을 보면 모두와 함께 귀를 만졌던 것이다. ……

"규스케가 전혀 소리를 내지 않는데 설마 욕탕에서 죽은 건 아니겠지"라는 아버지의 목소리가 들려왔다.

규스케 군은 당황하여 철벅 밖으로 나왔다. 생각에 깊이 빠진 듯했다. 몸이 붉게 달아올라 있었다.

2

"규스케 군" 하고 하급생의 목소리가 들렸고, 조금 사이를 두고 "규--우 스케" 하고 주저하듯 부르는 동급생 목소리가 들렸다. 이것이 규스케 일행 사이에서 통용되는 소집방식이다.

이 마을은 하나의 현(県) 도로를 끼고 남북으로 갈려 있다. 길 남쪽은 점점 높아지는 형상으로 끝은 마을 남단의 운도우(運動)산 꼭대기에 다다른다. 길 북쪽은 반대로 점점 낮아져 끝은 세토(背戸)강으로 이어진다.

그곳에서 애들이 동료를 소집할 때는 길에 서서 길 남쪽 집을 향해 고개를 젖히고 세토강 쪽에서 부르고, 길 북쪽 집을 향해선 위를 쳐다보며 집 정면에서 불렀다.

규스케 군 집은 길 북쪽에 있었으므로 부르는 소리는 조금씩 집앞 밭을 타고 차나무 너머로 들려왔다. 그리하여 규스케 귀에 도달했다.

그때 규스케 군은 찐 감자를 먹고 있었다. 학교에서 돌아오면 응석꾸러기인 규스케 군은 뭔가 먹는 습관이 배어 있었다.

하지만 소집 목소리를 들으면 규스케 군은,

"으응" 하고 그쪽에 들리도록 답변을 하고 곧장 일어섰다.

그리고 감자를 먹으며 집을 나섰다. 애들의 소집이므로 뭔가를 먹으면서 모여도 지장이 없었던 것이다.

규스케가 현 도로로 나가자 벌써 7명이 모여 있었다. 오늘은 운도우산에서 남경 공략의 모의전을 한다고 했다.

이윽고 이 마을 모든 남자 애들, 즉 18명이 모였다.

운도우산에 가서 참모본부가 작전계획을 세우기 시작했다. 참모본부는 도쿠이츠 군과 규스케 군과 헤타로 군 사이에서 누가 결정한 것도 아니었지만 자연스레 그렇게 만들어진 것이다. 그렇다고는 하나 이 중에서 헤타로 군은 장갑자동차와 탱크를 구별할 줄도 모르고 군용견이 될 개 종류도 알지 못했다. 또한 게다를 신은 비행기(부표를 단 비행기)라고 하면 게다를 신고 타는 비행기라 믿었고 적 앞의 상륙은 어디라도——예를 들면 강이나 바다도 아닌 보리밭 안과 같은 곳에서도——가능하다고 생각하기도 하는, 한심스런 장교였다. 그러나 전투 흉내를 내는 것은 실로 뛰어났다. 예를 들면 하천 속을 수영해 나아가는 흉내, 엄호물 그늘에서 그늘로 허리를 굽히며 나가는 동작, 토치카를 점령해 만세를 부르는 순간에 배에 총을 맞아 데굴데굴 둑에서 굴러 떨어지는 모습 같은 것은 전부 몸에 배어 있었다. 이런 게 능숙하니까 참모본부의 한 사람이 될 자격이 있다고 헤타로는 생각했던 것이다.

그런데 참모본부가 누구와 누구를 중국 병사로 정하고, 누구를 우군으로 배치하고, 누구를 탱크로 할 것인지 등과 같은 내용을 정할 때의 일이었다. 기다리고 있던 다른 동료들이 무료해서 그런 순간에 자주 했던 것처럼 하나이치 군의 귀를 만지려고 했다.

맨 처음 손을 댄 것은 6학년인 가헤이 군이었다. 가헤이 군은 조용히 하나이치 군 귀의 부드러움을 즐기려고 했기에 다른 이에게는 들키지 않았다. 그러나 "싫어"라는 매우 분명하고 강한 언어의 톤이 들려와서 모두 그쪽을 보았다. 규스케 군 일행도 작전을 중지하고 보았다.

그러자 거기에 하나이치 군이 여느 때처럼 싱글벙글하지 않고 꼿꼿이 서 있었다. 그 대신에 가헤이 군이 생글생글 쑥스럽게 웃고 있었다. 그래서 일동은 가헤이 군이 하나이치 군의 귀를 만지려 한 사실, "싫어"라고 하는 귀에 익지 않은 말이 하나이치 군의 입에서 나온 사실을 알았다.

모두 어안이 벙벙했다. 도대체 이게 어찌된 일일까?

하나이치 군이 "싫어"라고 분명히 말한 것이다. 귀 만지는 것을 거절한 것이다. 그리고 생글생글 웃는 것을 그만둔 것이다.

거기에 서 있는 사람은 잘 알고 있는 하나이치 군이 아니라 어딘가 모르는 머나먼 곳에서 오늘 갑자기 찾아온 소년처럼 모두 그렇게 느꼈다.

하지만 어린애들은 자신들 속에 그렇게 속내를 알 수 없는 사람이 있다고는 생각하고 싶지 않았다. 역시 거기에 있는 것은 평소 가깝게 대하는 하나이치 군이라고 생각하고 싶었다. 그래서 두 번째로 오토지로 군이 옆으로 손을 내밀어 하나이치 군의 귀에 손을 대려고 했다.

"싫어"라고 하나이치 군은 같은 목소리로, 같은 태도로 조용히 말했다.

이제 의심의 여지는 없었다. 하나이치 군은 확실히 귀에 손 대는 것을 거절한 것이다. 그것은 오늘뿐만 아니라 앞으로 언제까지나 그러한 무모한 놀림을 당하지 않겠다고 하는 마음을 표현하고 있었다.

특별히 화를 내는 모습도 아니고 고함 지르는 소리도 아니었지만, 그 목소리를 들으면 만지려던 사람이 두 번 다시 손을 댈 수 없는 게 이상했다.

이것으로 하나이치 군의 태도는 분명해졌다. 그렇지만 확인해 볼 필요가 있다고 헤타로 군은 생각했다. 그래서 헤타로 군이 하나이치 군의 곁에 가서 손을 댔다. 하지만

"싫어"라는 같은 말에 헤타로 군도 손을 들고 말았다.

헤타로 군 이상으로 바보짓을 하는 사람은 없었으므로 이제 누구도 손을 대지 않았다. 하지만 모두가 손을 대 거절당한 느낌이 들었다. 하나이치 군 한 사람에게 17명이 졌다는 듯한 느낌이 들었다. 그것은 한순간에 일어난 아무것도 아닌 일이었다. 그러나 이는 모두의 마음 안에선 실로 커다란 사건이었다. 곁에서 갑자기 대포가 발포되는 상황과도 같았다. 마음의 충격 때문에 앞뒤 일이 엉망이 되었으며 연락이 두절돼 버렸다.

한참이 지나 모두는 자신들이 남경 공략의 모의전을 계획 중이었다는 사실을 겨우 깨달았다. 하지만 그때는 이제 그런 일에 아무런 흥미도 느끼지 않았다.

규스케 군 일행은 언제 그랬냐는 듯 이쪽저쪽 하늘을 보기도 하고, 어떤 애는 재미없어 보이는 솔방울을 발로 차며 장난감을 삼기도 했다.

3

하나이치 군의 대응이 대단히 훌륭하고 영웅적인 부분에 대해 17 명의 어린애들은 알게 되었다. 그렇게 분명히 "싫어"라고 말하는 사람이 이 마을 어린애들 중에 지금까지 한 사람이라도 있었던가?

오래된 악습을 개선하기 위해서는 정말이지 그런 식으로 하지 않을 수 없다. "싫어" 하고 단호하게 거절하는 것이다. 또한 새롭고 좋은 습관을 실행하기 위해서는 "좋아. 하자"라고 분명히 말하며 일어서는 것이다. "싫어"나 "좋아. 하자"나 다시 말하면 같은 뜻이다. 그건 그렇고 이 마을 소년들은 그날 밤 뿔뿔이 흩어진 뒤 자신도 그처럼 단호하게 오래된 악습을 개선하고, 그처럼 분명하게 새롭고 좋은 습관을 몸에 익히고 싶다고 생각했다. 그러나 인간은 각자 다르듯 마음도 다르므로 생각해서 지나는 코스나 생각한 결과는 다양하다.

그럼 규스케 군의 경우는 어떠할까?

저녁 7시 어머니는 욕탕 물을 덥히고 있었다. 아버지는 술 배급권을 배포하러 나간 상황이었다. 할머니는 올해 거둔 면화 속에서 종자를 한 알씩 끄집어내고 있었다. 쥐가 헛방에서 부스럭거리고 있었다. 규스케 군은 천장에 묶은 장난감 북 아래에서 위를 향해 드러누워 발로 북을 두드리고 있었다. 잘 두드릴 수 있었다.

──"싫어."

이 말을 마음속으로 되뇌어보았다. 그때부터 몇 번 반복했을까? —"싫어." …….

규스케도 단호히 그렇게 말하며 낡고 나쁜 습관을 훌륭하게 개선하고 싶었다. 그러나 '그 낡고 나쁜 습관이 무엇일까?' 하고 생각하자 이 또한 문제였다.

낡고 나쁜 습관은 많이 있는 듯한 느낌이 든다. 마치 검은 구름처럼 자신의 주위에 낡고 나쁜, 어쩐지 더러운, 썩은 악취를 풍기는 습관에 둘러싸여 있는 듯한 느낌이 든다. 하지만 아무리 생각해도 그중에서 하나도 확실히 규스케 군 눈에는 보이지 않는 것이다.

도대체 무엇을 "싫어"라고 거절해야 좋을까? 무엇을 "좋아. 하자"라며 시작해야 좋을까? …….

규스케 군은 둥둥 북을 두드렸다.

"그렇지" 하고 규스케 군은 생각했다. '이렇게 있는 것이 나쁜 습관이다.' 그리고 자신이 누워 있는 모습을 목만을 일으켜 둘러보며 확인했다. '그래, 이것부터 고치자.'

"싫어"라고 규스케 군의 입에서 커다란 목소리가 흘러나왔다. 그리고 규스케 군은 껑충 일어나 우뚝 섰다.

할머니가 깜짝 놀란 모습이었다.

"어찌된 일이야. 규스케? 경기라도 일으킨 거 아냐?"

"싫어요"라고 규스케 군은 외치듯이 말했다. 그리고 거칠게 구두를 벗고 들어섰다. 그 뒤 세차고 날카로운 목소리로 독본의 제6과를 읽기 시작했다. 읽지 못하는 글자가 있어도 생각하거나 필기장을 보는 것이 귀찮아서 엉터리로 중얼거리며 읽었다. 단호히 결정한 방법이므로 그것도 도리 없다고 생각했다.

하지만 제6과를 2페이지 정도 읽으니 자신이 하고 있는 것은 정말로 단호한 방법이 아니라는 것을 깨닫고, 바보처럼 느껴져 그만둬 버렸다. 그리고 독본을 거기에 던지고 다시 북 아래에서 위를 쳐다보며 드러누웠다. ……

규스케 군에게는 하나이치 군처럼 행동하는 것이 아무래도 어렵게 느껴졌던 것이다.

4

그런데 다음날 규스케 군은 또 통학단의 집합시간에 지각해 버렸다. 7시 30분까지 이 마을 아이들은 남자나 여자나 마을에서 떨어진 다리 있는 곳에서 모여, 그곳에서 정렬해 단장의 인솔하에 학교로 향하기로 했다. 규스케 군은 이때 언제나 시간에 맞추지 못했던 것이다.

규스케 군은 할머니가 깨워주지 않아서 책임이 할머니에게 있다고 하는 듯한 얼굴을 하고 화가 난 모습으로 아침밥을 먹었다.

할머니는 손자인 규스케 군의 응석을 받아주는 것이 습관이었으므로 "그렇게 허둥거리며 나가니? 새 집의 다이츠 씨에게 자전거에

태워달라고 해"라고 말했다. 노인은 단체정신을 전혀 모르니 안된다니까.

규스케 군은 우물 옆으로 언덕이 있는 좁은 길을 올라 현의 도로로 나갔다.

화창한 겨울 아침이다. 공기는 맑고 바람은 조금도 불지 않는다. 길 볏짚 부스러기 등에 서리가 아름답게 내려앉았다. 붉은색 아침 햇살이 뺨에 기분 좋게 와 닿는다. 조용하다.

서둘러도 따라붙지 못한다는 것을 알고 있으므로 규스케 군은 휘파람을 불면서 길가 소나무 끝의 참새를 보기도 하면서 걸어갔다. 이윽고 뒤에서 '찌링~' 하고 경쾌한 자전거 소리가 들려왔다. 규스케 군의 친척 다이츠였다. 다이츠 씨는 신용조합에 근무하고 있었다. "규스케, 또 늦잠 잤군. 지각이야."

그렇게 말하며 다이츠 씨는 자전거를 세웠다. 언제나 여기에서 규스케 군은 다이츠 씨의 자전거를 타고 수업시간에 맞추어 학교에 갔다.

규스케 군은 아무 말도 하지 않고 엷게 웃었다.

"자, 타" 하고 다이츠 씨가 말했다.

규스케 군은 기뻐하며 짐 싣는 곳에 올라타려고 했다. 그때였다. 하늘에서 떨어지기라도 한 것처럼 규스케 군의 머리를 스치는 생각이 떠올랐다.

'그 단호한 방법이라면 지금이다!'

친절을 거절하는 것은 다이츠 씨에게 미안하다는 느낌이 들었다. 규스케 군은 잠시 망설였다. 하지만 결국 타는 것을 그만두었다.

"어찌된 거야?"라고 아무것도 모르는 다이츠 씨가 의아스러운 듯 물었다.

"으응" 하고 규스케 군은 쑥스럽게 웃으면서 작은 목소리로 말했다. "다이츠 씨, 나 뒤따라서 달릴게."

"달린다고?"

"응."

"그런 말을 하다니, 학교까지 약 4킬로미터나 되는데 달릴 수 없어. 자, 타라니까. 선생님에게 들키면 내가 빌 테니 괜찮아."

"응, 하지만 나 달리는 게 좋아"라고 규스케는 역시 생글생글 웃으며 작은 목소리로 말했다.

"이상한 녀석이네" 하고 다이츠 씨는 말했지만 왠지 규스케 군 가슴 속에 뭔가 굳은 결의가 있다는 것을 깨달은 듯했다.

그 순간 다이츠 씨의 자전거가 달리기 시작했다. 규스케 군은 가방을 겨드랑이에 끼고 한 손으로 자전거 짐칸을 잡고 달렸다. '덜커덩 덜커덩' 하고 가방 속의 용구 소리가 났다.

젖은 벼가 널려 있는 벼 벤 논, 마른 풀의 제방, 벌거벗은 하얀 나무 등의 겨울 풍경이 달리는 규스케 군의 양쪽으로 펼쳐졌다. 규스케 군은 몸의 열기를 느꼈다. 그 뒤 가슴의 고통을 느꼈다. 동시에 배 옆쪽이 아파왔다.

신덴(新田)의 중턱까지 왔을 때 결국 자전거에서 손을 뗐다.

"왜, 고통스러워? 탈래?"라고 다이츠 씨가 자전거를 세우고 물었다.

규스케 군은 일부러 웃으며 고개를 저었다. 숨이 차서 대답을 할 수 없었던 것이다.

──'이 녀석은 이 녀석대로 뭔가 생각이 있겠지' 하고 다이츠는 생각했다.

그 순간 다시 다이츠 씨의 자전거가 달리기 시작해서 규스케 군은 짐칸을 부여잡고 달려 나갔다.

──"제기랄, 제기랄" 하고 규스케 군은 계속 중얼거렸다.

드디어 교문 앞에 도달했다.

"결국 해냈구나, 규스케."

다이츠 씨는 헤어지며 그렇게 말했다.

규스케 군은 교문 앞의 바닥에 아침의 온화한 빛이 옆으로 비치는 모습을 지금까지 이렇게 기분 좋게 바라본 적이 없었다.

여느 때보다 10센티 정도 더 머리 숙여 경례하며 교문으로 들어갔다. 그러자 동급생 한 사람이 다가와서 이렇게 말했다.

"오늘 아침, 일본은 미국, 영국과 전쟁을 시작했단다."

규스케는 멈추어 섰다. 그리고 상대방 눈을 물끄러미 보았다. 1941년 12월 8일 아침의 일이었다.

신덴 새로 개척된 농지

벽

마을 소년들은 겨울에서 초봄에 이르기까지 죽마(竹馬)를 타고 다닌다. 누가 시작한다거나 누구에게 배운다거나 할 것 없이 그저 그 기간이 되어 일본열도 중 태평양에 면한 따뜻한 지역 밝은 해역으로 둘러싸인 가늘고 긴 이 반도에 푸석푸석한 연기와 같은 눈이 흩날려 적갈색 도로에 서릿발이 서게 되면 그들은 죽마를 만들기 시작하는 것이다. 소년들 사이에는 죽마뿐 아니라 딱지치기, 고무총, 대나무총, 연, 그 외 여러 가지 놀이가 각각 시기를 기다리고 있다. 이들 놀이가 시기를 넘겨 대유행하는 일 따위는 거의 없다. 그래서 겨울에 유행하는 놀이라고 하면 대체로 죽마, 연, 딱지치기 등이다. 하기는 캐치볼이나 땅 뺏기 놀이 등도 자주 하지만 이는 거의 연중 하는 놀이이며 유독 겨울에 한정된 것은 아니다. 그런데 그 무렵이 되면 서리가 녹아 땅이 검은색을 띤 채 축축해진다. 마을길이라는 길 어느 곳에나 반드시 죽마의 흔적이 눈에 띈다. 그 흔적을 더듬으면 분명히 어딘가의 양지가 나오고, 양지에서는 서너 명의 어린애들이 마른 땅 위에 쭈그리고 앉아 동전 1전 정도의 판지 한쪽을 서로 뒤집으며 딱지치기에 심취해 있다. 딱지치기에 질리면 주머니에서 고무총을 끄집어내 전선이나 지붕 차양 물받이 장치에 가슴을 내밀고 늘어서 있는 겨울참새를 겨냥한다. 그것에도 질리면 논에 나가 세차게 춤추다 막 떨어지려는 수제 연을 손이 바람에 거칠어져 까칠해질 때까지 날리려고 노력한다.

싱(新)이 높이가 두 배 되는 죽마를 만든 이유도 죽마가 유행하기에 만들었을 뿐 처음부터 특별한 목적이 있었던 것은 아니다. 그리고 다른 사람보다 높은 것을 타면 훌륭하게 보일 거라는 철없는 생각으로 그런 바보 같은──게다가 타면 처마의 차양에 앉을 수 있을 정도의 죽마를 만들었던 것이다. 과연 다른 소년들은 싱의 훌륭하고 높은 죽마를 보자 감탄해 싱이 가는 곳마다 큰 소리로 떠들며 따라왔다. 처음에는 "싱 군은 대장이다! 높구나!"라고 말하는 다른 어린애들에게 부러움의 대상이 되는 것을 흐뭇해 하며 뽐내며 돌아다녔지만, 문득 어떤 계기로 지금까지 기뻐하던 어린애들의 칭찬에 대해 싱은 이제 뒤돌아봤다. 다사브로(太三郎) 씨 집의 검은 판자벽 앞을 걸었을 때 언제나 그곳을 지나치는데도 판자벽에 막혀서 안을 볼 수 없었는데 오늘 높은 죽마를 탔기 때문에 안의 풍경이 완전히 보였다. 그러므로 싱은 그 일을 떠올렸던 것이다. 그 어떤 계기라는 것은, 진조(尋常) 6학년으로 항상 그다지 말이 없는 싱의 동급생인 오토지(音治)라는 소년의 마을에서 1, 2위를 다투는 커다란 저택 안을 들여

진조 예전의 초등학교

76

다보는 일이었다. 그 광대한 저택은 천황 궁궐처럼 지붕이 달린 벽으로 둘러싸여 있어서 도대체 안이 어떻게 되어 있는지 밖에서는 도무지 알 수 없었다. 하지만 이전부터 싱은 이 굳게 닫힌 벽 안을 들여다보고 싶은 욕망을 품었던 것은 아니다. 또한 지금까지 한번도 그 안에 들어가보지 않은 것도 아니었다. 오토지는 부잣집 도련님으로 자라 너무 제멋대로였기에 싱은 좋아하지 않았지만, 초등학교에 들어가기 전쯤 싱은 오토지의 집에 자주 놀러 갔었다. 안채 앞 어두운 창고 안에서 옛날의 에조시를 보기도 하고, 금붕어 어항받침 정도의 석유램프가 한쪽 구석의 긴 탁자 위에 놓여 있는, 텅 빈 부엌에 들어가 얇게 썬 찰떡을 먹기도 했다. 그러한 일이 자주 있었다. 그 무렵에는 그저 좋았지만 학교에 들어가 점점 철이 들자 싱은 언제나 도련님 흉내를 내며 너무나 멋대로 행동하려 하는 오토지의 비사회성이 싫었다. 그래서 그 집에는 가지 않게 되었다. 오토지와 놀지 않은 것은 싱뿐만 아니었고, 오토지의 비사회성에 대해 모두가 맘에 들어 하지 않았다.

그런데 바로 일주일 전 해질 무렵이었다. 오토지 집 뒤쪽 비스듬히 기운 곳에 청년회의 학교 같은 목조건물과 조그마한 광장이 있어서 어린애들 놀이터로 사용되고 있었는데, 거기에서 싱의 일행 대여섯 명이 야구를 하고 있었을 때 싱이 친 볼이 기세 좋게 오토지의 저택 벽을 넘어 안으로 들어가버렸다. 이러한 일은 지금까지 때때로

에조시 에도시대에 만들어진, 여자나 어린애 대상의 그림 섞인 소설

있던 일로 이런 때에는 바깥쪽으로 돌아가 문밖에서,

"오토 군, 볼이 들어갔으니 주워서 던져!"라고 큰 소리로 외치면 이윽고 오토지가 일본식 정원 징검돌 위로 달각달각 게다 소리를 내며 걸어왔다. 그리고 방울 달린 출입문을 통해 '딸랑' 하고 소리를 내며 열어주었던 것이다. 그러면 볼을 가지러 간 사람은 안채와 곳간 사이에 있는 흰 회반죽이 벗겨진 두레우물 옆을 지나 안채 뒤쪽으로 향한다. 그곳은 꽤 넓은 지면이었는데 손이 자주 미치지 않아서 곳곳에는 파란 채소의 두둑이 있었으며, 그런가 하면 생각지도 못한 곳에서 국화가 향기를 풍기기도 했다. 하지만 대체로 밀감 종류의 나무가 우거져 있어서 해 질 녘에는 볼을 찾기 위해 애쓸 정도로 어두운 그림자로 가득 차 있었다. 볼을 발견하면 "오토 군, 고마워"라고 안채 쪽을 향해 인사하고 출입문을 통해 나오기만 하면 그것으로 족하다. 오토지가 집에 있을 때는 그것으로 족하지만 오토지가 부재중일 때나 혹은 있어도 나오지 않고 오토지의 아버지 오토에몬(音右ェ門)이 출입문을 열 때는 대단히 불쾌한 느낌을 갖지 않을 수 없다. 저택 안으로 들여서 볼을 줍게 해주기는 하지만,

"언제나 성가시게 한다니까" 하고 흰자위를 굴리며 투덜거린다. 싱은 짜증을 잘 내는 성격이고 오기가 센 편이어서 투덜투덜 불평 듣는 것을 매우 싫어했다. 그래서 만일 잘못해서 싱이 친 볼이 들어갔을 때에는 누군가 다른 사람——한 살 연하의 하루요시(春吉) 등——에게 부탁해 주워오도록 했다. 하루요시도 신경이 무디지는 않아서

싫은 얼굴을 하고 좀처럼 의뢰에 응하지는 않았지만, 겁을 주거나 달래면 결국은 연하이고, 싱을 존경하고 있기도 해서 마지못해 문 쪽으로 다가가는 것이었다. 하지만 그날은 공교롭게도 하루요시가 보이지 않아서 싱은 곤란해 하고 있었다.

"누군가 주워오면 좋을 텐데" 하고 모두의 얼굴을 둘러보아도 얼굴을 마주볼 뿐이어서 주워온 사람에게는 딱지를 열 장 준다고 하는 조건까지 내걸었지만, 그 누구도 대답하는 사람은 없었다. 너무나도 싱이 집요하게 요구하자,

"싱 군, 자신이 넣은 볼, 자신이 주워오는 게 좋지 않을까"라고 해서 싱은 포기하고 자신이 가기로 결정했다. 벽을 따라 오토지의 집으로만 통하는 좁은 길을 통과했다. 문 앞까지 도착하자 조금 망설이다가,

"오토 군" 하고 불러보았다. 마치 깊은 수풀 속을 향해 소리쳐 부르는 것처럼 문 안은 소리 하나 들리지 않는 상태로 고요에 잠겨 있었다. 귀를 가까이 대보았지만 어떤 소리도 들리지 않아서 더욱 소리를 질러,

"오토 군" 하고 불렀다. 그러자 금방 안채 출입문이 '덜그덕' 하고 열리는 소리가 들렸고 누군가의 발소리가 징검돌을 타고 이쪽으로 다가왔다. 그리고 딸랑 소리를 내며 출입문을 연 것은 싱에게 당혹스럽게도 오토지도 아니었고 아버지 오토에몬도 아니었으며 듣지도 보지도 못한 아름다운 여자애였다. 눈썹을 귀엽게 치켜뜨고 "무슨 일이죠?"라고 묻는 듯한 표정에 싱은 완전히 당황하여,

"볼이 들어갔는데 줍게 해주실래요?"라고 겨우 말을 꺼냈다. 소녀는 조용히 고개를 끄덕이며 몸을 비켜주어 싱은 출입문을 통과했다. 그리고 익숙한 안채와 곳간 사이를 안쪽으로 지나자 소녀는 뒤에서 따라 들어왔다. 싱은 부끄럽고 귓불 부근이 쑥스러운 느낌이 들어 빨리 찾아서 빨리 도망치려고 서둘렀지만 밀감나무 그늘은 그림처럼 우거져 어두웠기 때문에, 더구나 겨울 해 질 녘에는 사물의 흑백도 구별하지 못할 정도로 어두웠으므로 버려진 이지러진 밥그릇에 현혹되는 등 좀처럼 볼을 찾을 수가 없었다. 싱은 등에서 땀이 날 정도로 마음이 들떴다. 볼을 찾지 못하는 것을 동정했는지 안채 바로 안쪽의 창 쪽 흰 미닫이 앞에 서 있던 소녀가 이쪽으로 와서 같이 찾기 시작했다. 그러기에 싱은 더욱 갈피를 잡지 못할 뿐이었다. 그 순간에,

"여기 있네"라고 고운 목소리로 소녀가 말했다. 싱은 소녀에게서 볼을 건네받자 고맙다고도 하지 않고 꾸벅 한 차례 고개를 숙인 뒤 들뜬 얼굴을 더욱 붉히면서 도망치듯 안채 옆을 빠져나갔다. 그런데 문을 나와서도, 집으로 돌아와서도, 목욕을 마치고 방에 들어간 뒤로도 그 소녀가 이상하게 뇌리에서 지워지지 않았다. 그리고 요사이 일주일 동안 때때로 그 소녀가 갑자기 생각났고 그때마다 마음속에 달콤하고 쓸쓸하고 포근한 것이——음악처럼 흐르는 듯 느껴졌다.

지금 문득 오토지의 벽 안을 들여다보고 싶다고 생각한 것도 싱의 마음 한 구석에 소녀를 보고 싶다는 사랑의 마음이 움직이고 있었기

때문이다. 싱은 그런 생각이 들자 무턱대고 가보고 싶었지만 '간다면 혼자서 조용히 가야만 한다. 여럿이 줄지어 따라오면 방해가 되어서 안된다'고 생각해 지금까지는 따라와준 것을 기쁘게 생각하던 다른 죽마 일행은 어디론가 사라져버리고 마음속으로 중얼거리며 둘러보는 상황이었다. 하지만 이들 일행은 지금까지 싱을 추종해왔으므로 어떤 일이 있어도 그렇게 당장 자취를 감출 것처럼 보이지 않았다. 그래서 싱은 우선 자신의 욕망을 누르고 해질 무렵이 되어서 이 시끄러운 녀석들이 모두 저녁밥을 먹으러 돌아간 뒤에 혼자서 조용히 가보려고 결심했다. 그리고 그때――처음에 소녀를 보았을 때――도 마침 해 질 녘으로 왠지 애처로운 듯한 푸르스름한 안개가 부드럽게 지상의 물체를 감싸던 무렵이었던 것을 회상했다.

기다리던 해질 녘이 되어 시끄럽던 죽마 일행이 싱과 싱의 옆집에 사는 하루요시를 남겨두고 각각 집으로 돌아갔다. "싱 군 함께 돌아가자"고 하는 하루요시에게도 싱은,

"난 에이지(栄二) 상점에서 우동을 사가지고 갈 테니 너 먼저 가라"고 말하며 돌려보냈다.

그리고 싱은 밀감밭에 밀감서리를 하러 갈 때처럼 뭐라고 표현할수 없는 혼자만의 기쁨에 가슴 두근거리며 지금까지 놀던 죠간인(常願院) 앞에서 사람 통행이 드문 좁은 길을 택해 그 높은 죽마를 타고

죠간인 신사이름

83

계속 걸어갔다. 때때로 아는 이들이 지나치며,

"싱 군 아냐? 높은 것을 탔구나"라고 하자 이런 식으로 눈에 띄어서는 안되겠다고 생각해 죽마에서 뛰어내려 양어깨에 깃대처럼 메고 버선발로 다가갔다. 오토지의 저택 뒷문에 도달했다. 다행히 사람이 없었다. 지금까지 죠간인의 돌계단 네다섯 번째 부근을 발받침으로 삼아 탔던 일이 생각났지만 그렇다고 해서 또 죠간인까지 되돌아가서 그곳에서 타고 걸어오는 것도 매우 힘든 일이다. 그때는 어두워져버릴 것이다. 싱은 어찌할 바를 몰랐지만 문득 청년회관 옆에 함석판자로 둘러싼 낮은 화장실이 있던 것이 생각났다. 그래서 거기에 죽마를 세워놓고 기어올랐지만 함석지붕에는 잡을 곳이 없어서 스르르 미끄러져 좀처럼 오를 수가 없었다. 함석을 박아서 고정시킨 못 머리에 열려 있던 옷 소맷부리의 작은 구멍을 걸고 힘차게 뛰어오르자 겨우 오르기는 했지만 그 때문에 소맷부리의 구멍은 톡하고 더 크게 벌어져 흰 안감이 삐져나왔다. 그 후 죽마를 다시 쥐고 막상 타보았으나 너무 흥분했던 까닭에 결국 다리가 덜덜 떨려 위험하게 막 쓰러질 참이었다. '쿵' 하고 화장실의 지붕으로 떨어져 쓰러지지는 않았지만 함석지붕은 움푹 들어갔고 큰 소리가 났다. 누군가 주위의 사람이 그 소리를 듣고 무슨 일이 일어났는지 달려오지는 않을까 하는 불안감으로 가슴이 두근거렸다. 두 번째에는 잘 탈 수 있었으므로 이번에는 벽 안쪽을 들여다보려고 저택 쪽으로 다가갔다. 가슴 위 상체가 벽 위로 드러났기에 안을 한눈으로 둘러보았지만 쓸쓸한 밀감나무가 가로막고 있어서 안채 쪽은 잘 보이지 않았다. 하지만 밀감나무와 나무 사이로 보이는 흰 미닫이를 가까스로 눈으로 확인했다. 미닫이는 닫혀 있었고 안으로부터 밝은 불빛이 비치고 있었다. 싱은 거기에서 지금 저녁식사를 시작하고 있을 거라 생각해 순간 쓸쓸한 느낌이 들었다. 잠시 그 미닫이를 지켜보고 있다가 아무도 나오지 않을 것 같았기에 그날은 포기하고 돌아왔다. 돌아왔더니 귀가가 늦어서 부모에게 걱정을 끼친 것, 어제 막 꺼낸 버선을 끈적끈적 망친 것, 옷 소맷부리를 찢은 것 때문에 아버지, 어머니에게 고시랑 고시랑 야단을 맞았다. 그리고 내일부터는 죽마를 타지 않을 것이며, 죽마를 어머니의 빨래 너는 장대로 내놓겠다는 맹세를 부득이하게 하지 않을 수 없었다.

그러나 싱은 포기할 수 없었다. 낮에는 아무튼 딱지치기나 고무총 놀이로 속일 수가 있었지만 집집 처마 끝에 저녁식사를 준비하는 푸르스름한 연기가 달콤하게 피어오를 즈음에는 다시 또 그 소녀가 생각나 견딜 수가 없었다. 그래서 싱은 빨래 너는 장대로 내놓겠다고 선언한 죽마를 어머니와 아버지 눈을 속여 인력거 창고에서 조용히 끄집어냈다. 그리고 이번에는 낮에 생각해 두었던 청년회관 뒤쪽에 쌓인 고목더미를 발판대로 삼아 죽마에 올라탔다. 그 후 광대한 저택을 뒤쪽에서 들여다보았지만 어제와 마찬가지로 등불이 비치던 미닫이가 닫혀 있을 뿐 소녀의 모습은 보이지 않았다. 생각해 보면 소녀가 그곳에 모습을 보이지 않는 것은 당연했다. 왜냐하면 이렇게 추운 겨울에 특별한 용무도 없는 안채 뒤쪽으로 와야 할 일이 없었으므로……. 그렇다면 앞쪽으로 가려고 생각하며 벽을 따라서 오른쪽으로 돌아 저택 남쪽, 즉 정면 쪽으로 왔지만 커다란 두 곳의 창고가 가로막고 있어서 안을 들여다볼 수 있을 것 같지도 않았다. 더구나 남쪽은 사정이 매우 좋지 않았다. 만일 갑자기 오토지 저택의 사람이 문밖으로 나올 경우 싱은 금방 발견될 것이고 설령 오토지 저택의 사람에게 발견되지 않더라도 거기에서 방 열 칸 정도 간격의 남쪽에는 사람들이 꽤 통행하는 길이 벽과 평행으로 통하고 있었다. 그 길과 벽 사이에는 드문드문 자란 대여섯 그루의 녹나무만이 있을 뿐이어서 거기에서 방황하고 있으면 길을 지나는 사람이 이상하게 생각하는 것은 의심할 여지가 없었다. 순간 싱은 서둘러 저택 동쪽으로 돌아 곳간과 곳간 사이에서 가까스로 방 두 칸 정도 거리의 안채 툇마루가 보이는 곳을 발견했다. 거기는 다행히 사람들의 통행이 조금 뜸한 곳으로 울창한 노송나무로 뒤덮여 있었으므로 잘됐다고 생각하며 싱은 어느 정도 마음의 안정을 회복했다. 그런 후 벽 지붕에 죽마와 함께 기대어 툇마루를 지켜보고 있었다. 잘 정돈된 툇마루에는 지금은 아무도 없지만 곧장 누군가 나올 것이고 분명히 소녀가 나오리라 생각하며 기다리고 있었다. 꽤 오래도록 기다리고 있었지만 아무도 나타나지 않았고 다만 집 안에서,

"JOCK 이쪽은……"이라는 라디오 소리가 들리기 시작할 뿐이었다. 싱은 기왓장에 기대고 있던 가슴이 아파왔고 죽마를 쥐고 있던 손도 얼어붙은 느낌이었기에 조금 당황하기 시작해 개를 부르듯 휘

파람을 불어보려 생각할 정도로 뻔뻔스러워졌다.

도대체 소녀는 어떤 이름을 가졌을까? 기미코일까, 다키코일까, 도시에일까? 아니, 그렇게 보통 이름은 아니고 분명히 멋있는 이름일 것이라고 생각하고 있자니 문득 뇌리에 떠오른 것은 5학년 때 호리타(掘田) 선생님에게 들은 어느 슬픈 얘기 속에 등장하는 소녀의 이름 '치사코'였다.──'그래, 치사코야'라고 싱은 재빨리 정해버렸다. 그리고 잠시 입을 삐죽 내민 후,

"치사코 씨" 하고 부르듯이 가락을 붙여,

"휘휘휘" 하고 어렴풋이 자신만 알 수 있도록 휘파람을 불어보았다. 그리고 몇 번이나 그것을 반복하는 동안에 점점 대담해져 조금 크게 불어도 라디오에서 지껄이고 있으므로 괜찮을 거라 생각하며 이번에는 작정하고,

"휘휘휘" 하고 불었다. 불어버린 후에 '어 이거 큰일났다!' 하고 당황하여 죽마에서 뛰어내렸다. 그런데 밑이 푹신한 검은 땅이어서 오늘 바꿔 신은 버선 신발이 다시 더러워졌다. 도리가 없어서 양측 주머니에서 고무신을 한 짝씩 꺼내 그것을 신고 돌아갔다. 그날 밤은 식탁에 앉을 때 발바닥을 들키지 않으려고 매우 고생을 했다. 또한 뭔가 나쁜 짓을 하고 온 뒤처럼 부끄러워서 어머니와 아버지의 얼굴을 정면으로 볼 수 없을 정도였다.

오토지 집을 들여다보러 가는 것은 싱의 일과가 되었다. 해 질 녘이 되어 마을에 두부장수의 처량한 나팔소리가 흐르기 시작할 때

면 싱은 반드시 청년회관 뒤쪽의 고목 부근에서 죽마를 타고 저택 동쪽 그곳에 가서 벽의 지붕에 기대어 기다리고 있었다. 그 이후로 한번도 얼굴을 보이지 않았기 때문에 '소녀는 단지 먼 마을에서 그날만 오토지 집에 놀러왔다가 벌써 돌아가버린 것이 아닐까?' 하는 생각이 들자 이렇게 가슴이 아플 때까지 벽에 기대어 기다리고 있던 것이 바보처럼 느껴져서 이제 오지 말아야겠다고 결심했다. 하지만 또 다음날 등불이 켜질 때면 어느 샌가 죽마를 인력거 창고에서 꺼내 청년회관 뒤쪽에서 신발을 벗고 있었다. 그것이 일종의 습관처럼 되어버렸다.

3일째인가 4일째 싱은 툇마루 위에서 고양이 한 마리도 보지 못했지만 5일째에는 누군가 떨군 빨강, 파랑 장식구슬 3개를 보았다. 장식구슬은 여자애의 장난감이다. 오토지가 아무리 도련님이어도 6학년이 되어 혼자서 구슬놀이를 할 리가 없다. 잘됐다! 분명히 있어! 싱은 가슴 밑바닥에서 피가 솟아오르는 것을 억제할 수 없었다. 금방 소녀가 잃어버린 구슬을 가지러 나올지도 모르겠다고 생각해 그날은 평소보다 30분이나 더 기다리고 있었지만 3개의 구슬은 거기에 남겨진 채 땅거미가 지고 말았다. 싱은 그날 밤도 늦게 돌아왔다고 혹독히 꾸중을 들었다. 아무리 꾸중을 들어도 그곳에 그 구슬이 있는 바에야 내일도 나가려고 결심하고 있었다.

그런데 다음날 싱은 놀라운 사건을 접하고 말았다. 그렇게 사건이라고 부를 정도의 일도 아니지만 싱에게는 사건 이상의 일이었다.

2시간째의 휴식시간에 운동장에서 캐치볼을 하고 있었는데, 당직실 쪽으로 학생들이 시커멓게 몰려가기 시작했다. 그 초등학교는 말하자면 일종의 분교장으로서 고등과가 없었으므로 보통 6학년이 되면 여러 가지 역할이 주어졌다. 그 중에 하나로 간호역이라는 것이 있었다. 쉬는 시간에 하급생이 다투는 것을 제압하기도 하고, 상처 입은 학생을 담임선생에게 데려가기도 하고, 햇볕 쬐며 등을 구부리고 있는 게으름뱅이를 운동장 한가운데로 몰아내기도 하는, 그러한 일종의 권위도 주어지는 역할이었다. 간호담당은 날에 따라 변하는데, 마침 그날은 싱과 소키치(宗吉)라는 소년이 당번이었다. 싱과 소키치는 즉시 사환실로 달려갔다.

"비켜, 비켜"라며 권위를 가슴에 붙인 빨간 꽃과 같은 리본을 보이면서 돼지 새끼라도 물리치듯 양손으로 학생들을 헤치고 앞으로 나아갔지만 사환실 입구에 도달했을 때 싱은 안을 들여다보고 깜짝 놀랐다. 오토지의 아버지 오토에몬이 가문(家紋) 문양이 새겨진 검정 하오리를 입고 사환인 하라(原) 씨에게 뭔가 얘기하고 있는 그 맞은편에 얼핏 반 정도 모습을 나타낸 것은 화려한 기모노를 입은 여자 애——그 사람은 분명히 그 소녀——였다. 싱은 거기서 꼼짝도 할 수 없었다. 심장이 두근두근 고동쳤고, 머리 쪽으로 피가 거꾸로 치솟는 것을 어찌할 수 없었다. 하지만 같은 짝 소키치는 간호 역할을

가문 한 집안을 상징하는 표시　　　　　하오리 일본 옷 위에 입는 짧은 겉옷

89

수행하기 위해 "모두, 저쪽으로 가, 저쪽으로 가, 선생님에게 일러바칠 거야"라고 양손을 벌리며 모여드는 호기심에 가득 찬 눈들을 저쪽편으로 몰아내려 노력하고 있었다. 싱은 목구멍에서 소리가 나올 것같지도 않았고, 이상한 목소리는 내고 싶지도 않았다. 그런데 운 좋게도 쉬는 시간이 끝나 사환 아주머니가 처마에 매달린 종을 모두의머리 위에서 '땡땡' 하고 견딜 수 없을 정도로 격렬하게 두드렸다. 학생 그룹은 즉시 해산한 뒤 각각 교실 쪽을 향해 달려갔다.

싱의 마음은 모든 대상을 통해 전혀 다른 것을 보고 있었다. 독본의 문자도 선생님의 언어도 마치 모래의 흐름처럼 무의미한 것으로그저 싱의 눈과 귓전을 술술 스쳐갈 뿐이었다. 목구멍을 뭔가에 눌리는 듯한 느낌이 들었고 혀는 경직되어 버렸다. 사환실의 현 광경이 얼핏 떠오르나 싶더니 교장실에서 교장 선생님과 오토에몬과 그소녀가 대면하고 있는 광경이 그것을 가렸다. 어쩌면 소녀는 6학년이고 자신의 교실에 들어올지도 모른다. 그렇다면 어느 곳으로 들어올까? 저 바보스러운 다네(種)의 옆 비어 있는 자리로 올지 모른다. 그러면 싱이 있는 곳에서 비교적 멀고 후방에 해당하니 뒤돌아보지않을 수 없어서 불편하다──그런 내용을 두서없이 계속 생각하다가손으로 한 자루의 연필을 마구 깎아 심의 치수를 너무 길게 드러내고 말았다.

"──가장 나쁜 것은……" 하고 지금까지 무의미하게 느껴지던츠지(辻) 선생의 언어의 흐름이 갑자기 격렬히 귀속으로 파고들어 싱은 당황하여 선생을 바라보았다. 그리고 그 시간은 수련의 시간임을 깨달았다. "……가장 나쁜 죄는 일본이라는 나라를 전복하려는 국가적 죄다. 공산주의다. 모두가 거지와 함께 상에서 밥을 먹을 수 있을까?' '아 더러워!' 하며 싱은 미간을 찌푸렸다. "싫겠지. 하지만 공산당은 거지도 농부도 군인도 누구든지 인간 모두가 평등하지 않으면 안된다고 말한다. 학문을 하면 때때로 그러한……." 싱의 마음은 잠시 한곳에 집중하지 못했지만 바로 끄덕이며 군침을 삼켰다. 그렇지만 눈은 츠지 선생의 살찐 얼굴을 응시한 채 여자 아이를 생각하고 있었다. '그 소녀는 오토지의 여동생일까? 오토지에게 여동생이 있었던가? 친척 아이일까? 오토지 집으로 데려온 것일까? 그렇지 않으면 오토지의 신부가 되려는가?──그런 일이 있을까!' 하고 마음속으로 부정하면서도 혹은 그럴지도 모르겠다는 불안이 점점 커져서 오른쪽 앞에서 비스듬히 반듯한 옆얼굴을 보이고 있는, 약간 눈이 돌출한 오토지를 밉살스럽게 생각하며 응시하고 있었다.

"──그 사람도 이 학교에 다닐 땐 매우 어른스러웠고 공부도 잘했으며 1학년부터 6학년까지 1등을 놓치지 않았어요. 그리고 중학교에 들어가서도 항상 우등생에서 탈락한 적이 없는 우수한 학생이었지만 도쿄의 학교로 간 뒤부터……."

또 아오키(青木) 씨에 대해 얘기했다고 생각했다. 싱의 주의는 어느새 선생님 쪽으로 돌아가 있었다.

정오 쉬는 시간에 싱은 교정 구석의 백단향나무 밑에 모여 있는 한 무리의 여학생들을 발견했다. 바로 그 중심에 신입생인 그 소녀가 포함된 사실을 직관했다. 싱은 가보고 싶었다. 싱뿐만 아니라 다른 남학생들도. 하지만 남학생이 여자애를 보러 가겠는가! 모든 이의 얼굴에 그런 말이 쓰여 있는 것처럼 보였다. 그래서 때때로 보면서도 누구 한 사람 감히 그쪽으로 가려는 이는 없었고 땅 뺏기 놀이에 전념하지 않을 수 없었다. 하지만 싱에게는 간호라고 하는 일종의 권리가 있으므로 그 권리를 이용하면 갈 수 없는 것도 아니었다. 게다가 싱은 급장으로서 모두에게 상당히 존경받고 있었기에 설령 싱의 약삭빠른 속셈이 들통 난다고 하더라도 모두는 싱을 비난하지 않으리라는 걸 알고 있었다. 그렇다고 해서 혼자서 많은 여자애들 속으로 끼어들 수는 없다. 그런 이유로 상대를 잘 대하는 소키치에게 권해 보니 소키치에게는 싱과 같은 교활한 책략은 없는 것 같았고, 그저 직책상 교정 구석에 모여 있는 여학생들을 쫓으러 가도 좋다는 모습을 보였다. 도중에서 웬만하면 되돌리는 그런 일은 그만두려고 했는데 소키치가 그저 단순히 척척 나아가므로 싱도 질질 끌려갈 수밖에 없었다.

"저쪽으로 가지 않을래, 선생님에게 일러바칠 거야"라며 소키치는 여학생들 쪽으로 다가갔지만 싱은 서너 보 바로 앞에서 도저히 나아갈 수 없었다.

"간호다. 잘난 체하네"라며 여러 명이 다가갈수록 뻔뻔해지는 여학생들은 좀처럼 움직이려 하지 않자 소키치가,

"안돼, 때릴 거야!" 하고 악의 없이 대답하는 소녀에게 손을 치켜들자 여학생들은 '어이구, 어이구'라고 놀리며 그중 한 사람이,

"소키치, 여자 밝혀!"라고 했다. 그 저질스러운 말에 싱의 얼굴이 더욱 붉어진 상황에서 술장사 집 사치(幸)의 장난꾸러기 같은 목소리가

"싱 군도 여자 밝혀"라고 노래 부르듯이 지껄인다고 생각한 순간, '와' 하고 한바탕 폭소가 들려왔다. 싱은 더 이상 견디기 어려워 도망쳐버렸다. 나중에도 몇 번이나 그 일을 떠올리며 그 소녀는——그때 백단향나무의 가랑이 부근에서 눈만 치켜뜨고 이쪽을 바라보던 '그 소녀는 자신을 얼마나 수준 낮은 놈이라 생각하고 있을까, 바보 같은 사치의 말을 그대로 믿고 자신을 야한 놈으로 보고 있겠지' 하고 생각하니 슬퍼졌다.

소녀가 새로 들어온 까닭에 싱과 동급생 남학생들 사이에서는 갑자기 오토지의 가치가 올랐다. 지금까지 누구 한 사람도 사이좋게 대하지 않았던 오토지에게 모든 이가 돌변해 상냥하게 대했고 가능한 한 소녀에 대해서 정보를 얻으려고 했다.

"아, 오토 군, 먼지가 묻어 있네"라는 등 부드럽게 얘기하며 오토지의 어깨를 두드리는 하타히라(畑平) 등을 싱은 못마땅한 저질스런 놈이라고 여기며 불쾌한 기분으로 흘겨보았다. 동시에 자신도 오토지의 마음에 들어 소녀에 대한 것을 묻고 싶은 욕구가 근질근질 솟아올랐다. 하지만 오토지는 너무나도 비사회적인 성격의 소년으로

특별한 때가 아니면 거의 말을 하지 않았다. 특히 많은 사람들에게서 질문을 받을 경우에는 더욱이 말을 하지 않고 즉시 자신의 책상 덮개를 열고 책을 펼치거나, 그것도 귀찮다고 생각하면 즉시 덮어 가방 속으로 집어넣기도 했다. 그러한 성격이므로 정해진 날짜나 시간과는 상관없이 이쪽저쪽에서 "오토 군, 오토 군" 하고 친한 듯이 애칭을 들으면서도 소녀에 관한 모든 이의 질문에는 일절 대답하지 않았다. 그래서 결국 모든 이가 소녀에 대해서 알 수 있게 된 배경은, 오토지에게서 들은 것이 아니라 그 소녀 스스로 얘기한 내용이 여학생들의 입으로 전해져 어느새 남학생들 쪽으로 옮겨진 것이었다. 싱이 얻은 정보는, 소녀 이름이 나츠코(那都子), 나이는 열셋, 하루요시와 동급생이라는 사실이었다. 싱은 이 보고를 싱보다 한 살 아래인 하루요시의 입을 통해 들었다.

——하루요시는 행복한 녀석이군. 나도 5학년생이었다면 좋겠지만! 싱은 집이 서로 이웃하고 있어서 자신의 손아래로 여기고 있는 하루요시를 마음속으로 부러워하면서 큰 한숨을 내쉬었다.

이제 내일부터 매일 학교에서 그 소녀를 볼 수 있다. 학생 수가 전부 3백 명에 이르지 않는 작은 학교이므로 반드시 매일 볼 수 있다. 그러므로 이제 지금까지처럼 죽마로 벽을 통해 들여다보는 위험한 모험을 하지 않아도 된다.——그렇게 생각하며 싱은 학교에서 돌아왔다. 그리고 죠간인 앞 햇빛 비치는 곳에서 해 질 녘까지 딱치치기에 심취했다. 오늘은 운이 좋아서 흡족할 정도로 이겼기 때문에 싱은 정신없이 계속 쳤다. 날이 저물어 돌아가려고 돌계단을 두세 개 내려갔을 때 문득 죽마가 생각났다.

—'어째서!'라고 자신을 꾸짖으며 일부러 죽마 따위 잊어버린 셈 치고 집으로 돌아왔지만, 왠지 하릴없이 따분한 기분이어서 안정이 되지 않았다. 학교에 가야 할 날에 학교에 가지 않은 듯한, 왠지 부족한 느낌이 들었다. 싱은 매일 일과인 토끼 돌보는 것과 안방 다다미 8조와 상점 4조반 크기 방 두 개의 청소를 마치자 '어찌 되었을까' 하고 처마 구석에 우두커니 서서 마주보이는 곳에 밤새 켜 놓은 검은 전등을 바라보고 있었다. 전등——전등이 비추이고 있는 하얀 미닫이——하얀 미닫이의 오토지의 집——그 소녀, 나츠코—— 그런 식으로 싱의 마음은 누가 어찌하든 상관하지 않고 물이 도랑 으로 흐르듯이 점점 오토지의 집으로 빨려 들어갔다. 그러기에 싱 은 또다시 인력거 창고에서 가만히 죽마를 끄집어내지 않고는 배길 수가 없었다.

때로는 마음을 조이는 듯한 훌륭한 기쁨을 싱에게 안겨주었다. 하지만 그 때문에 오히려 싱은 발을 뺄 수 없었으며 싱의 비밀 일과 는 매일같이 동일한 시각에 동일한 장소에서 동일한 방법을 반복하 는 것이었다. 어느 때는 나츠코가 툇마루에 혼자 나와서 빨간 털실 의 뭔가를 재빨리 풀고 있는 것을 보았다. 또 어느 때는 오토지와

8조 다다미 1조의 크기는 910mm×1820mm

공기놀이를 하고 있는 듯했지만 공교롭게도 싱이 있는 곳에서는 아무리 노력해도 오토지의 홀태소매를 입은 모습밖에 보이지 않았고 나츠코의 목소리만이 마치 음악처럼 아름답게 들렸다. 하지만 나츠코는 그다지 말을 하지 않았다. 그럴 때 싱은 공연히 초조해져서 오토지의 얼굴에 돌이라도 던지고 싶은 충동에 사로잡혔다. 또한 어느 때는 나츠코가 툇마루에 앉아 검은 양말의 양다리를 늘어뜨리고 대롱대롱 흔들면서 기분이 울적한 눈초리로 먼 저편을 응시하며 뭐라 말할 수 없는 부드러운 작은 목소리로 싱이 알지 못하는 조용한 노래를 부르고 있었다. 얼마나 좋은 노래인가――라고 생각하며 계속 듣고 있자니 싱의 감정은 점점 우울해져 눈구석이 뜨거워지는 것을 느꼈다. 때로는 '그 아름다운 검은빛을 띤 눈동자가 한번 이쪽을 봐주지 않을까?' 하는 말도 안되는 욕망을 일으켜 무심코 휘파람이 나올 듯한 상황에서 퍼뜩 자신의 위치를 깨닫고 그만두었다. 나츠코는 학교에 푸른 수병복만 입고 왔지만 집에 돌아가면 옷을 입은 채로인 적도 있었고, 작은 귓불 형태의 소맷자락이 붙은, 무늬가 큼직한 옷을 입고 있을 때도 있었다. 싱은 양복차림을 좋아했지만 언젠가 역시 벽 위에서 들여다봤을 때 나츠코가 양말을 다시 조여 신으려고 스커트를 걷어 올리고 흰 발을 살짝 내보였다. 그 후 2~3일 동안 싱은 양복이 너무나도 싫었다.

수병복 해군 군복을 모방한 어린애 옷

비밀의 일과는, 그 시각이 사람들 스스로 자기들 일에 바빠서 다른 사람 일 등에 눈길을 줄 여유가 없는 해질 무렵이었다는 사실과 그 장소가 도로에서 노송나무로 차단되어 오토지 가족들이 거의 눈치를 챌 수 없는 두 개의 곳간 사이에서 들여다볼 수 있는 곳이라는 이유 때문에 누구에게도 발견되지 않고 계속되었다. 하지만 한편 싱은 학교에서 그러한 내용을 다른 학급 친구가 행하면 대단히 수준 낮은 일이라고 모욕했을 터인데 자신은 교묘히 오토지의 비위를 맞추며 친한 사이를 유지했다. 오토지의 비뚤어져 있다고까지 여겨지는 철부지 기질은 처음에 좀처럼 싱으로 하여금 다가가지 못하게 하였지만 싱의 끈질긴 인내는 아무리 거절당해도 참고 끊임없이 형이나 누나처럼 대하는 식으로 우정을 표현했다. 또한 오토지로서도 누구도 자신에게 말을 걸어주지 않는데 급우 중에서 모두에게 가장 신뢰와 경애를 받고 있는 급장인 싱이 그처럼 상냥하게 우정의 마음으로 대해주는 것을 기쁘게 생각했던지 이윽고 싱하고만은, 특히 매우 기분이 좋을 때는 이야기를 나누게 되었다. 하지만 오토지의 성격은 갈대 같아서 조금만 마음에 들지 않는 상대와 접하면 더욱 삐쳐서 휙 고개를 돌리면서 즉시 자기 맘대로 행동하는 것이다. 싱의 노고는 대단했다. 게다가 싱의 마음을 괴롭히는 배경에는 오토지의 제멋대로인 행동뿐만 아니라 싱 자신의 마음에서 초래되는 측면도 있었다. 왜냐하면 싱은 오토지에게 타는 듯한 질투심을 품고 있었기에 '이 녀석이 나츠코와 매일 논다, 그 아름다운 목소리를 듣고,

그 사랑스런 눈을 마주하고, 함께 밥을 먹고, 함께 목욕을 한다'고 생각하자 싱은 더 이상 견딜 수 없었다. 모른 체하고 있는 오토지의 희고 투명한 목과 머리털 언저리를 보고 있자니 더욱 질투심이 번져왔다. 따귀를 세차게 후려치고 싶은 초조한 마음을 계속 억누르며 긴 노력 끝에 싱이 나츠코에 대해 얻은 정보는, 나츠코는 오토지 어머니 여동생의 딸, 즉 오토지 이모의 딸로 오토지와는 사촌남매에 해당하는 사이라는 것이다. 그 이모가 작년 8월에 돌아가셔서 나츠코 아버지는 후처를 맞이하기 위해 딸 나츠코를 일단 오토지의 집에 맡긴 상황이었다. 나츠코의 집은 도쿄의 커다란 시계가게라는 말도 들었다. 싱은 나츠코가 장래에 오토지의 신부가 될지 어떨지 캐묻고 싶었지만, 그런 것을 물었다가는 오토지에게 순식간에 외면을 당하거나, 혹은 가령 대답을 해준다고 해도 그것이 사실인 경우에는 큰일이라고 생각해서 그 질문은 입 밖에 꺼내지 않았다.

그 무렵부터 싱은 집에서 계속 중학교에 보내달라고 조르기 시작했다. 중학교에 갈 것인가 말 것인가의 문제는 벌써 작년 10월경부터 아버지와 어머니, 그리고 싱 세 사람 사이에 자주 화제로 올랐지만 아직까지 해결되지 않은 상태이다. 부모님은 가난을 이유로 중학교에는 도저히 보낼 수 없다고 하며 고등과(高等科)로 충분하다고 했다. 하지만 싱 자신은 중학교에 가고 싶어서 견딜 수 없었고 담임인 츠지 선생님이나 교장 선생님까지 싱의 장래를 유망하다고 하며 계속 중학교에 진학하는 것이 좋다고 권했다. 츠지 선생님 등은 때때로 집에까지 찾아와서 소매상인으로 일생을 보내온 학식 없는 싱의 양친을 황당하게 했고 좁은 마루 가장자리에 앉아 1시간, 2시간이나 싱을 위해 이야기를 해주고 가는 것이었다. 양친도 그렇게 선생님이 이야기하므로 완전히 부정해 버릴 수도 없어서 결정은 계속 연기되었다. 하지만 싱이 중학교에 진학하고 싶은 것은, 따로 커다란 이유가 있었던 것도 아니고 그저 중학교에 올라가기만 한다면 훌륭하게 될 것이고, 오토지나 쌀가게의 가네오(兼夫)나 직물공장의 데이지(貞二) 등 싱보다 못한 녀석들이 중학교에 간다고 하며 뽐내고 있으니 만일 자신이 가지 못하면 얼마나 잘난 체할 것인가—그러한 철없는 생각이 주요 원인이었다. 그렇지만 이 무렵에는 나츠코라는 새로운 원인이 생겨나서 싱은 어찌됐던 중학교에 보내달라고 졸랐던 것이다. 자신은 아무래도 중학교에 진학해야만 한다. 오토지가 올라가고 자신이 올라가지 못한다면 나츠코에게 무시당한다. 나츠코도 내년 3월에는 여학교에 진학할 것임에 틀림없다. 여학교를 나온 아가씨를 신부로 맞이하기 위해서는 아무래도 이쪽이 중학교를 나오지 않으면 안된다. 싱은 빌다시피 사정하거나 앵돌아져보기도 하며 어머니를 졸랐고 아버지에게 보챘다.

"이렇게 가난한 집에서 중학교에 가는 자식이 어디에 있겠니?" 하고 어머니는 어두운 전등 아래서 가족 세 사람이 늦은 저녁식사를 위해 식탁을 둘러싸고 있었을 때 말했다. "무엇보다 다른 사람이 웃지 않을까?"

"다른 사람이 뭔가요? 다른 사람이!"

"다른 사람이 뭐라 해도 상관없지 않은가요? 내가 훌륭하게 되면 웃음을 돌려줄 테니."라며 싱은 코를 킁킁거리는 듯한 목소리로 말했다.

"다른 사람이 중요하지, 다른 사람이 게다를 사러 와주니까 이렇게 가족이 생활할 수 있는 거 아니니?"라고 어머니가 말했다. 그리고 조용히 목소리를 낮춰 "중학교에 간다고 조금도 좋은 일 없을 거야"라고 달래듯 말했다.

"싫어, 싫어!"라고 싱은 대여섯 살의 어린애처럼 떼를 썼다. "나 중학교에 갈 테야!"

그러자 침묵하고 대젓가락을 옮기던 아버지가 "무슨 말을 하는 거니, 가난한 사람 자식은 가난한 사람 자식답게 행동해야 하는 거야. 고등과로도 충분히 만족해"라고 말했다.

"싫어요."

"싫다는 말 그만둬, 어른스럽게 아버지처럼 다다미 직공이 되면 족해. 그게 싫다면 그런 후레자식은 어디라도 자신이 좋은 곳에 가서 거지 짓을 하든지 도둑이 되어 길에 쓰러져 죽는 게 나아."

이제 그런 말을 듣자 싱은 할 말도 없었고 울고 싶어졌다. 그리고 '가난이라는 것이 얼마나 서글픈가'라고 생각했다. 하지만 아버지가 말한 대로 고등과를 나와 다다미 직공이 되는 일 따위가 어찌 가능하겠는가, 다다미 직공 따위에게 나츠코가 시집올 리가 없지 않은가? 싱의 아버지는 게다를 주종으로 하는 소매상을 운영하는 한편 다다미 직공을 하면서 일가의 생활을 지탱하고 있었다.

시간이 흐르자 아버지는 싱을 중학교에 보내도 좋겠다고 생각했는지,

"누구와 누가 중학교에 가니?"라고 물었다. "오토지 군과 가네오 군과 데이지 군이에요." "데이지 군은 누구 자식이야?"라고 어머니 쪽에 묻자 어머니도 간접적으로 싱의 편을 들 듯 "그 베 짜는 집 아들로 그다지 공부 잘하는 애는 아냐, 우등상을 받은 적 있니?"라며 그래도 어머니는 데이지가 한 번도 우등생이 된 적이 없는 사실을 알고 있었던 것이다. '이런 말투로 보면 아버지도 어머니도 내심 자신을 중학교에 보내도 좋다고 생각하고 계시구나' 하고 마음속으로 기쁨을 삭이고 있자니,

"도대체 어느 정도 필요할까?" 하고 아버지는 이야기를 구체화했다. 싱은 선생님께 들은 대로 월사금이 한 달에 5엔이고 교과서값은 1년에 15엔 정도 필요하다고 말하자 어머니가,

"한자에몬(半左ユ門) 씨와 한지(半二) 씨는 대략 100엔은 필요하다고 하던데……"라고 한 후 말하기를 꺼리다가 "그래도 한지 씨는 다른 사람과 달리 자주 놀았지, 여자애와 밤늦게 함께 다니는 경우도 있었고"라고 말했다. 어머니는 나도 모르는 사이에 '만일 자식을 중학교에 보낸다면.'이라는 생각을 항상 하고 계신다고 느껴져 싱은 순간 고마운 생각이 들었다. 한지 씨는 은행원 아들로 2~3년 전에 중학교를 마치고 지금은 구와나(桑名) 쪽의 어떤 작은 시골 은행원

이 되었다고 했다. 아버지는 조용히 마음속으로 계산을 한 듯 방금 허리춤에 찔러 넣은 담배 케이스를 다시 꺼냈다. 그리고 마음속 계산 결과가 너무나 생각에 못 미치는 듯 조금 지나자,

"불경기니까"라며 한숨을 쉬듯 말했다. 어머니도 거기에 공감하며, "이게 다이쇼 7~8년 무렵이라면 좋을 텐데, 그 무렵엔 재미날 정도로 게다도 팔려 10전으로 재료를 매입해 78전을 벌었으니까. 게다가 비싸지 않으면 팔리지 않았어. 아버지가 반년마다 몇 백 엔의 돈을 우체국으로 가지고 갔지"라고 말했다. 아버지는 그런 말은 전혀 듣지 않은 듯 전혀 다른 내용에 대해서 언급하며 "그 계를 이제 언제 넣으면 좋을까?"라고 어머니에게 물었다. 어머니가 대답하자 아버지는 짚 일 때문에 손톱 끝이 갈라져 그곳에 검은 고약을 넣어서 바른 볼품없는 손가락을 하나 둘 천천히 구부려보다가 도중에 계산이 맞지 않는 듯 다시 구부렸다. 오른손만으로는 해결하지 못해 왼손까지 사용하기 시작하는 모습을 싱은 무슨 뜻인지 이해하지 못하면서도 자신의 진로를 좌우하는 귀중한 돈이 그 손가락에 의해 가늠되고 있다고 생각하며 숨죽인 채 응시하고 있었다. 그것이 끝나자 아버지는 튀어나온 빈궁해 보이는 머리를 손으로 쓰다듬으며,

"아버지와 어머니가 죽도록 일하면 할 수 없는 것도 아니지"라고 말했다. 그렇다면 가능성은 있다. 그러나 아버지와 어머니에게 죽

다이쇼 7~8년   1918~19년   전   엔의 100분의 1

을 정도로 노동의 희생이 요구된다.——그렇게 생각하자 이 나이든 아버지와 어머니가 대단히 측은하게 느껴졌다. 싱은 도저히 견딜 수 없어서 "나 이제 중학교에 보내주지 않아도 돼"라고 잘라 말하고 싶었지만 나츠코나 오토지를 생각하면 아무래도 희망을 포기할 수는 없었다. 그리고 지금까지 집이 가난하다고만 듣고 있었지만 특별히 깊게 생각하고 있지 않은 데 대해서 어머니는,

"싱, 잘 기억해 둬라. 가난이라는 건 이런 거야. 네가 아무리 중학교에 가고 싶어도 갈 수 없는 거다"라고 하자 싱은 '그게 가난이라는 걸까, 가난은 왜 이렇게 슬픈 것일까'라고 새삼 곰곰이 생각하게 되었다.

실제로 이 문제는 해결될 것처럼 보였지만 미해결인 채로 다음 회의로 연기되고 말았다. 하지만 졸업식까지 이제 2개월밖에 남지 않았으므로 반드시 어느 쪽으로든 결정하지 않을 수 없게 되었다. 싱의 부모가 너무 망설이고 있어서 츠지 선생님도 혼이 났는지 요즘에는 집에 일부러 찾아오는 일은 없었지만 학교에서 종종 싱에게 "싱, 어때? 진학할 거니?"라고 물었다. 싱은 집에 돌아오면 그 일을 얘기했다. 어느 날 싱이 집에 돌아오자 기쁜 소식이 기다리고 있었다. 싱을 드디어 중학교에 보내준다는 것이다. 해냈다고 생각했다. 당당하게 도로로 뛰쳐나가 '어이, 어이'라고 외치며 걷고 싶었다. 누구라도 상관없다. 하루요시에게라도, 대장간의 늙은이에게라도, 두부집 젊은이에게라도, 말을 모르는 개에게라도, 길가에 서 있는 전

봇대에라도 "어이, 나 중학교에 간다!"라고 말하고 싶었다. 특히 나츠코에게 그 소식을 들려주고 싶었다. 이삼일 날씨가 나빠서 죽마타기를 그만두고 있었는데 차가운 비가 질금질금 내리는 것도 상관않고 그날 해 질 녘은 여느 때와 다르게 오늘부터 대등해진 연인을 만나러 가는 듯한 기분으로 죽마의 푸른 대나무를 적시며 찾아갔다.

"오토지 군, 나도 진학하기로 정했다." 다음날 싱은 누구보다도 먼저 오토지에게 얘기했다. 오토지는 "그래?"라고 하며 약간 그 일에 흥미를 보였다. 오토지는 과연 좋은 가정에서 자란 만큼 언변이 좋았으므로 싱도 오토지와 얘기할 때는 소중히 간직해 둔 언어를 사용했다.

"같이 가자"라고 하며 오토지의 어깨에 손을 얹자 오토지의 기분은 평소보다 좋은 듯 "나는 벌써 영어를 읽을 수 있어"라고 말했다. 싱은 놀랐지만 이 기회를 놓치지 않고 그 영어책을 보여달라는 구실을 삼아 오늘 학교를 마치고 오토지의 집에 놀러 가기로 약속을 했다.

학교를 마치고 집으로 돌아오자 어머니가 이발을 해준다고 말했다. 햇빛이 비치는 옥내 한가운데 자전거 바퀴의 폐물을 이용해 3개의 다리를 만든 의자를 고정시키고 그 위에 싱을 앉힌 뒤 게다를 구입하러 갈 때 사용하는, 누덕누덕 기운 감색 보자기를 앞가리개 대신 펼쳤다. 그리고 몇 번이나 자전거 기름을 넣어도 날이 잘 들지 않아 눈에서 눈물이 나올 정도로 지독히 털을 잡아 뜯는 바리캉으로

어머니는 싱의 머리를 싹둑싹둑 잘랐다. 아프다고 호소하자 "아파
도 참아라, 그렇게 아프다, 아프다고 말하면 반만 자른 채 남겨둘
거야"라고 협박을 당했으므로 참고 있었다. 하지만 자른 뒤에 거울
을 들여다보았더니 푸른 머리에 바리캉이 지나간 자국이 몇 줄이나
뚜렷이 남아 있어서 그것만은 참을 수 없었다. 이런 모습을 보면
나츠코는 한순간에 자신을 싫어하게 돼버릴 것이다. "엄마, 다시 한
번 다듬어줘, 자국이 없어질 때까지." 어머니는 그 자국은 때이므로
오늘밤 대중목욕탕에 가서 잘 씻지 않으면 없어지지 않는다고 하면
서 다시 한 번 싱을 앉히고 싹둑싹둑 잘라주었다. 싱은 깨끗한 오토
지의 머리를 떠올리고 그렇게 되면 좋겠다고 생각했다. 이제 이 정
도로 됐다고 하므로 거울을 들여다보니 바리캉 자국이 아직 선명히
머리를 두르고 있었던 까닭에 아직 불만스러웠지만,

　"뭐야, 어린애 주제에 시건방지게"라고 말하며 어머니가 이발도구
를 재빨리 정리하기 시작해서 싱은 도리 없이 푸른 까까머리를 보이
지 않도록 학교 모자를 깊게 눌러 쓰고 오토지의 집을 찾아갔다.
도중에 니키치(仁吉) 씨 집 뒤에 파초가 신선한 숲을 이루고 있어서
머리의 때를 벗겨내 깨끗이 할 셈으로 잡아 뜯어 모자 속에 넣고
덮어썼지만 막 깎은 머리에는 너무 차가워서 버리지 않을 수 없었
다. 오토지 집에 도착하자 문 앞에 서서 깊은 수풀 속으로 돌을 던져
넣듯 "오토 군"이라고 불렀다. 조금 지나서 대답을 할지 말지 안에서
상담한 뒤에 드디어 그러면 대답을 하기로 정해 비로소 대답을 하는

듯 "응"이라는 오토지의 목소리가 들려왔다. 그런 뒤 그 방울 달린 출입문이 짤랑 열리더니 오토지가 싱을 안으로 들였다. 하지만 양심이 꺼림칙하여 싱은 문 안으로 들어가는 것이 두려웠다. 무심코 들어가자 그 언저리의 그늘에 숨어 있던 오토에몬이 귀신처럼 뛰쳐나와 싱을 붙잡고 "어이, 네놈은 언제나 저 벽 위에서 훔쳐보고 있지"라고 말하는 듯한 느낌이 들었다. 조심조심 들어가자 툇마루에 앉아 있던 나츠코와 오토지의 어머니가 함께 고개를 들고 싱 쪽을 보고 있어서 싱은 당황하지 않을 수 없었다. 오토지의 어머니는 거의 밖에 나가지 않는 사람이어서 싱은 2~3년 사이 혹은 그 이상 얼굴을 보지 않았는데, 싱이 아직 초등학교에 가기 전 오토지와 자주 놀던 때와 조금도 다르지 않은 혈기 좋은 얼굴로,

"야, 왔구나"라고 말했다. 그 목소리까지 조금도 다름없는 차가운 목소리였다. 싱은 모자를 벗고 머리를 꾸벅 숙였지만 머리에 남아 있는 바리캉 자국이 생각나서 당황하여 다시 눌러썼다. 그리고 어찌 된 일일까 하고 얼떨떨해 하고 있자 일단 집안으로 들어간 오토지가 손에 책을 가지고 툇마루에 나타나 나츠코의 뒤에 앉았다. 싱은 조심스레 그쪽으로 가서 높은 툇마루에 비스듬히 걸터앉았다. 아주머니와 나츠코가 이쪽을 보고 있지 않을까 하고 슬쩍 보니까 다행히 아주머니는 레이스 같은 것을 짜고 있었고 나츠코는 나츠코대로 이쪽에 등을 보이며 그녀도 뭔가 바느질을 하고 있는 모습이었다. 두 개씩 포개진 목단의 큼직한 모양을 보고 싱은 안정을 되찾았다.

오토지가 보여준 영어 책은 아무래도 오토지 누나인, 지금은 나고야 쪽으로 시집간 사다요(貞代) 씨가 여학교에서 사용한 책 같았고 개를 동반한 서양 여자, 양산을 펼친 남자, 희귀한 기선, 긴 문양이 새겨진 냄비 등의 그림이 많이 있었으며 그림 사이사이에 영어가 새겨져 있었다. 싱은 아무것도 이해할 수 없어서,

"오토 군, 이것을 읽을 수 있다고?"라고 묻자 끄덕였다. 말 그림 아래 글자를 가리키며 이것은 말이라는 글자, 군인 그림 아래에 있는 글자를 가리키며 이것은 군인이라고 말하므로 그런 것이라면 자신도 가능하다고 생각해,

"그런 거라면 나도 읽을 수 있어"라고 하자 한 마리 닭 그림 아래의 글자를 가리키며 "이것은?"이라고 물어서 "닭"이라고 그 자리에서 대답했다. 하지만 오토지는,

"틀려"라고 말하며 그 글자의 가장 구석의 작은 자를 손톱 끝으로 "이거야, 이 한 자를 읽어봐"라고 말했다. 싱은 알 수가 없었다. 그러자 오토지는 그것은 에이치(H)라고 하며 "봐, 여기에 있어"라고 책 속표지 부근에 접혀 있는 긴 로마자 표를 펼치는 순간 저쪽 편을 보고 있는 나츠코의 등에 부딪쳐,

"이봐, 저쪽으로 가!"라고 이제 자기 멋대로의 성격을 내보이며 나츠코를 뒤에서 쳤다. 나츠코는 저항도 하지 않고 곧바로,

"미안해"라고 하며 무릎걸음으로 저편으로 물러났다. 싱은 안쓰럽게 생각했다. 그리고 오토지가 칙어를 읽어 내려가듯 로마자 표를

보고 A, B, C, D…… 하고 자신 있게 읽는 것을 오토지의 어머니가 자신도 득의양양하게 "오토, 좀 더 천천히 읽어야 해. 다른 사람이 알지 못하잖아"라고 말하는 모습을 싱은 온통 부럽게 생각하면서 덧문 밖에 있는 툇마루를 응시하며 듣고 있었다. 오토지가 읽기를 마치자 어머니가 싱은 어느 학교에 갈 것인지, 집에서 다다미가게를 이어받을 것인지를 물었다. 싱은 기회라고 생각해 나츠코에게 들어 달라는 듯 중학교에 간다고 대답했다. 그런데 다음 순간 아주머니의 태도가 싱의 예상을 빗나갔다. 왜냐하면 싱의 예상으로는 싱이 중학교에 간다고 들으면 아주머니가 칭찬해 줄 것임에 틀림없다, 혹은 싱은 매우 잘하니까 중학교에 들어가도 좋다며 부러워하리라, 그리고 우리 오토 군도 가니까 함께 잘하라고 부탁할 것임에 틀림없다고 생각했기 때문이다. 그런데 차가운 목소리로 혼잣말처럼,

"중학교에 가면 돈이 많이 필요하지"라고 말했다. 싱은 그 말을 듣고 모든 논리에서 벗어나 그 말의 저류에 흐르는 의미를 곧바로 직관했다. 분명히 그것은 모욕이다. 부유한 사람이 가난한 사람들을 너무나도 경멸했을 때의 모욕적인 언어이다. 동정인 듯한 가면을 쓴, 혹은 무의미를 가장한 정말로 지독한 모욕이다. 싱은 툇마루 가장자리를 짚은 자신의 한쪽 팔을 순간 주시하며 다다미 직공인 아버지가 "저놈들은 우리를 인간 취급하지 않고 마치 버러지처럼 생각하고 있다니까"라고 얘기한 말을 지금 비로소 믿으며 실제로 그렇다고 생각했다. 부아가 치밀어서 견딜 수 없었고 나츠코마저 오토지 가족

과 한편이라고 생각하자 아니꼬웠다. 제기랄, 기억해 둬! 내일 오토지를 실컷 울려줄 테니까──하고 마음속으로 이를 악물며 당사자인 오토지 쪽을 보자 의외로 태연한 얼굴을 한 채 이제 책은 저쪽에 팽개치고 혼자서 딱지치기를 하고 있었다. 그동안 아주머니는 일이 끝났는지 뭔가 다른 일이라도 생각해 냈는지 불쑥 일어서서 일단 안으로 들어가더니 조용한 부엌에서 뭔가 덜거덕덜거덕 소리를 내고 있었다. 하지만 이번에는 오토지의 뒤쪽 미닫이를 열고 나타나서 오토지와 나츠코와 싱에게 한 조각씩 양갱을 주고는 다시 안으로 들어갔다. 싱은 '빌어먹을, 이런 건 먹지 않을 테야' 하고 생각했지만 손에 쥔 양갱은 싱이 몹시 졸라 어머니에게서 받은 1전, 2전의 용돈으로는 살 수도 없는, 그 주변 과자가게에서는 볼 수 없는 귀중한 것이었기에 그만 식욕에 끌려 먹어버렸다.

오토지가 싱에게 딱지치기를 하자고 얘기했다. 오토지는 종일 밖에 나가지 않는 애이기에 집안에서만 놀지만 봄이 되어 마침 정원의 꽃도 들판의 꽃도 동시에 피듯 마을 소년들 사이에 딱지치기가 유행하면 이 울타리 안의 고독한 소년인 그도 딱지치기에 매력을 느끼는 것처럼 보였다. 그러나 외톨이인 오토지에게는 딱지치기를 해줄 상대가 없었을 테고 나츠코를 상대로 했을지도 모른다. 하지만 상대가 여자애여서 대적이 되지 않았을 것이다. 싱은 이러한 적 진지에서 승부를 가르는 것이 싫어서 재삼 거절했지만 하자고 자꾸만 조르기에 주머니를 뒤져보니 딱지가 10개 정도 있었다. 오토지가 매우 내

키어 위로 올라오라고 하므로 싱은 고무신을 벗고 날쌔게 툇마루로 올랐지만 그 순간 싱의 한쪽 발이 마침 딱지치기 승부에 흥미를 가지고 이쪽으로 자세를 돌린 나츠코 앞에 노출되었다. 싱의 발——엄지발가락이 불룩 튀어나온 코르틴 버선과 바지 아래로부터 끄트머리만이 보이는, 더러운 헐렁헐렁한 메리야스의 타이즈 비슷한 의복, 그 타이즈 비슷한 옷과 버선 사이로 엿보이는 희지만 거친 발목. 나츠코의 아름다운 눈썹이 약간 찡그려졌다. 싱은 당황하여 발을 움츠렸지만 부끄러움은 귀 끝까지 빨갛게 물들였음은 물론, 마음이 안정된 뒤에도 나츠코가 거기에 앉아서 싱과 오토지의 승부를 지켜보고 있는 동안에, 아니 나츠코가 사라진 뒤에도 싱의 마음 구석에 때처럼 들러붙어 있었다. 부끄러운 것은 발뿐만이 아니었다. 딱지치기를 하기 위해 아무래도 사용하지 않을 수 없는, 더러운 손톱 때가 낀 손——동상으로 등이 매실장아찌 색으로 부어오른 손과 오토지의 깨끗한 손과의 대비 또한 그랬다. 모습을 감추어 지워버리고 싶을 만큼 부끄러움에 괴로워하면서도 싱의 운은 점점 물이 올라 오토지의 딱지를 그 자리에서 20개 정도 해치우고 말았다. 그러나 이긴다고 하는 것은 슬픈 일이다. 나츠코의 동정이 어느 샌가 지면 초조하여 화를 내는 오토지 쪽에 가세해,

"방금 건 교활했어요"라며 싱을 공격하거나 "오토, 이번에는 여기에 두어요"라고 오토지를 도와주기도 했다. 싱은 자포자기의 기분으로 '이제 그렇다면 나츠코에게 미움을 사도 상관없으니 미워해,

미워해'라고 마음속으로 외치며 딱지치기에 익숙하지 않은 오토지를 전혀 배려하지 않는 교활한 손을 이용하여 척척 이겨나갔다. 오토지는 오토지대로 싱이 계속해서 딱지를 따는 것을 저지하기 위해 싱에게는 이상할 정도로 유치한, 게다가 요란스런 방법으로——예를 들면 새로 꺼내야 할 딱지에게 "지면 안돼, 지면 안돼"라고 지겹게 염불처럼 중얼거리며 그 안쪽에 끈적끈적 침을 묻혀 툇마루에 딱 붙이기도 하고, 싱이 그 딱지를 따기 위해 자신의 딱지를 치려는 순간 싱의 기합을 좌절시키려고 '아', '하'라는 묘한 기성을 지르기도 했다. 부지불식간에 두 사람, 아니 나츠코를 포함해 세 사람 사이에 태초부터 혈육처럼 이어받은 욕망 뒤에 얽힌 원초적 투쟁심이 점점 날카로워졌다. 하지만 싱은 때때로 자신이 적진지에 있다는 사실을 깨닫고 두려운 느낌이 들어서 이제 적당히 멈추려고 했다. 그렇더라도 이긴 쪽에서 휴전을 언급하는 것은 매우 비겁한 짓이고 그러한 말을 한다면 울부짖을지 모르니까 도리 없이 이기지 않을 수 없었다. 더욱이 곤란한 것은 가지고 있던 딱지를 모두 싱에게 탕진해버린 뒤 오토지가 집 안에서 다시 빈 만두상자에 가득 채운 딱지를 가지고 온 순간부터 지금까지 모습을 보이지 않던 키 작은 오토에몬이 어디에서 나타났는지 정원에 서서 그 승부를 계속해서 지켜보고 있는 점이었다. 싱은 기분이 나빠서 때때로 힐끗 오토에몬의 얼굴색을 살폈지만 오토에몬은 싱의 얼굴을 보려 하지 않은 채 툇마루 위의 딱지만을 응시하며 한마디도 하지 않았다. 그래서 싱은 더욱 기분 나쁘게 느꼈지만 오토지는 아버지가 보고 있어서 한층 분위기에 편승해 지고 또 져도 그만두려고 하지 않았다. 결국 하나하나씩은 귀찮았는지 한 움큼의 딱지를 하나의 딱지 겉과 안쪽에 걸겠다고 말하며 싱을 당황하게 했는데, 그때도 오토에몬은 연못처럼 침묵하고 있었다. 오토지가 건 한 움큼의 딱지는 무난히 싱의 것이 되었고 계속해서 승부에 걸린 딱지 뭉치는 눈에 보이지 않는 곳에서 하느님이 그렇게 교시라도 내린 듯 싱의 승리품이 되어 오토지는 결국 한 상자의 딱지를 싱에게 잃고 말았다. 오토지가 막 울듯이 일그러진 표정을 짓는다고 생각했더니 쿵하고 툇마루 위에 엉덩방아를 찧고서 빈 만두 상자를 싱의 무릎에 내던지면서,

"돌려줘!"라고 호통을 쳤다. 싱은 우기며 돌려주려고 하지 않았다.

"가짜로 했으니까 돌려줘!" 오토지의 눈은 미친 듯 핏발이 섰고 관자놀이에는 혈맥이 샐쭉하게 오르고 있었다. 하지만 "진짜야" 하고 고집을 피웠다. 그러자 지금까지 침묵하고 있던 오토에몬이 한 발자국 다가와서,

"싱" 하고 섬뜩하게 낮은 목소리로 불렀다. "가짜로 했다고 하니 돌려줘라."

하지만 싱은 돌려주려고 하지 않은 채 고함을 칠까 생각하며 오토지를 빼닮은 오토에몬의 얼굴을 바로 응시하고 있었다. "돌려줘, 돌려줘!"라고 짜증을 내며 싱에게 달려들려고 하는 오토지를 아버지인 오토에몬은 한 손으로 제지하며,

"다른 사람 걸 훔치는 건 좋지 않지?" 하고 선생이 학생을 타이르 듯 말했지만 싱은 그 언어 속의 차가움을 감지하자 "아버지, 딱지치기에 이기면 가지는 건 당연하죠"라고 반박하며 툇마루에서 내려와 신발을 신었다. 등 뒤로 쏟아지는 세 사람의 적의 어린 시선을 느끼면서도 싱은 차분히 신었다. 오토지가 또 싱에게 달려들려는 것을 오토에몬은 제지하며 싱을 위에서 경멸하고 있었음에 틀림없다. 그 표정까지 싱은 잘 파악할 수 있었다. 싱이 문을 나가는 순간 오토에몬이 밉살스런 표정으로,

"가난한 집 애는 뭐든지 다른 사람 것을 훔친다니까"라고 얘기한 말이 싱의 등을 찌르는 것 같았다. 그 언어는 단지 오토에몬 한 사람의 기분을 나타내는 것이 아니라 오토지의 어머니, 오토지, 그리고 나츠코까지 포함해 그들 모든 사람의 기분을 반영한 것이라는 느낌이 들었다. 아니 그들의 기분뿐만 아니라 커다란 두 개의 창고, 안채, 이 튼튼한 문, 문에 이어지는 벽과 벽 안의 모든 수목 등 그러한 대상 모든 것에 대한 기분이 그 하나의 언어, 즉 "가난한 집 애는……"이라는 표현으로 대표되는 듯한 느낌이었다. 싱은 지금까지 몇 번이나 자신의 집은 가난하다고 들어왔는지 모른다. 또한 가난하다는 것은 갖고 싶은 것을 살 수 없음은 물론, 상급 학교에 가고 싶어도 쉽게 갈 수 없는 슬픔이라고 생각한 적도 있다. 하지만 집이 가난하다는 것을 타인에게 지적당하고 더욱이 모욕당한 것은 태어나서 처음이다. 그리고 오토지 일가의 사람들과도 길에서 만나거나

집으로 신발을 사러 오거나 하는 기회로 얼굴은 때때로 보았지만 그 사람들이 싱이나 싱의 집을 그러한 식으로 모멸적으로 바라보고 있다고는 생각하지 않았다.

싱이 초등학교에 다니기 전 오토지 집에 놀러 가면 "싱 군, 싱 군" 하며 적어도 싫은 기색을 보이지 않고 맞이해 준 것을 잘 기억하고 있다. 그런데 그들은 싱의 일가를 이렇게 깔보고 있었다. 그들은 부자이므로 가난한 싱의 가족들을 멸시하고 있었던 것이다. 가난하면 부자인 놈들로부터 모욕을 당하는 법이다! 이러한 감정이 싱의 마음에 확실한 형태를 갖추지 않은 채 막연히 부풀어 올랐다. 뒤돌아보니 흰 석회 벽이, 그 위에서 엿보고 있는 종려나무가, 종려나무 맞은편에 보이는 두 개의 창고가, 창고와 마주보고 있는 커다란 안채의 지붕이, 그 지붕 아래 있는 오토에몬과 오토지의 어머니, 오토지와 나츠코의 이미지까지 싱의 마음에 떠올라 싱에게 손가락질을 하면서,

"가난뱅이 자식, 가난뱅이 천한 자식"이라며 목소리를 합해 말하는 듯한 느낌이 들었다. 싱은 해 질 녘 하늘에 뒤덮인 광대한 저택으로부터 밀어 넘어뜨리는 듯한 압박을 받아 뒤도 돌아보지 않고 달렸지만 달림과 동시에 제압당한 감정이 갑자기 복받쳐서 울음을 터뜨리고 말았다. 사람들의 발길이 잦은 자신의 집 부근에 이르자 눈물로 뒤범벅이 된 얼굴을 소매로 닦았다. 그리고 곧바로 집으로 들어가지 않고 우물 옆 덧나무 쪽에서 자신의 집을 한참 동안 지금까지

와는 전혀 다른 눈으로 진귀한 것이라도 보듯 유심히 살펴보았다. 과연 자신의 집은 얼마나 빈약한 생활을 하고 있는지, 그 커다란 오토지의 저택과 비교하면, 우선 자기 집에는 벽이라는 것이 없고 직접 도로와 마주하고 있다. 둘째, 창고도 없고 곳간도 없으며 굳이 인력거 창고를 곳간이라고 하면 그럴 수도 있지만 얼마나 볼품없는 인력거 창고인가. 그리고 그 당당한 2층의 안채와 비교해 이것은 얼마나 찌부러져 납작 엎드린 거북이와 같은 집인가. 또한 얼마나 더러운 화장실이 마치 공동화장실처럼 지나가는 행인과 마주하며 안채에 붙어 있는가.——이러한 형태의 볼품없는 대상을 하나하나 헤아려보니 싱의 마음은 해 질 녘 하늘처럼 검게 변해 결국에는 모든 것이 사라질 것처럼 느껴졌다.——게다가 전혀 비뚤어짐이 없는 훌륭한 그 툇마루와 비교하면 이건 얼마나 난잡하게 잡동사니의 신발이 사람들에게 답답함을 안겨주듯 무질서하게 가득 차 있는가.—— 그리고 마지막으로 아름답고 산뜻한 옷을 입고 말쑥한 얼굴을 하고 있는 그 사람들과 비교하면 이건 또 얼마나 애처로운, 거지와 마찬가지로 더러운 것을 걸치고 몸 전체가 먼지투성이가 되어 야윈 얼굴을 한 두 사람의 남자와 여자(그게 싱의 부모이다) 집안에 있는 것인가. 더욱이 그 사람들은 조금도 서두르는 기색 없이 여유롭게 뜨개질 등을 하고 있는데 싱의 부모는 뭔가에 쫓기듯 끊임없이 돌고 있는 중국산 흰쥐처럼 허겁지겁 일하고 있는 것인가.

그 순간 문득 싱의 뇌리에 한 가지 의문이 생겼다. 그것은 '자기의 부모가 부지런히 일하거나 신발을 파는 것은 일가가 생활해 가기 위함이다. 하지만 오토지 집 부모는 특별히 일하는 모습도 보이지 않았고 물건을 팔고 있는 것도 아니다. 그런데 도대체 돈을 어떻게 버는 것일까? 어떠한 돈으로 생활을 하며 뽐내고 있는 것일까? 하는 점이었다. 아무리 머리를 굴려도 싱은 이 문제를 해결할 수 없었다. 그래서 어머니가 공중목욕탕에 갈 때 공중목욕탕까지 300미터 정도 거리의 추운 밤길에 이 질문을 던져보았다. 그러자 어머니는 싱의 질문에 상당히 놀란 듯한 표정으로,

"그건 오토에몬 씨는 부잣집 주인이니 일하지 않아도 돈은 얼마든지 있단다"라고 대답했다.

"그러면"이라고 싱은 추궁했다. "그 돈은 어디에 있었던 거죠?"

"그 돈은 오토에몬 씨의 돌아가신 할아버지들이 남겨준 거야."

"그럼, 할아버지들은 어떻게 돈을 번 걸까요?"

"몰라"라고 어머니가 말했다. "엄마가 젊었을 때 오토에몬 씨 할아버지랑 할머니를 자주 봤는데 역시 조금도 일을 하지 않았으니까."

어머니는 자신도 이해할 수 없다는 듯 고개를 갸웃거렸지만 이윽고,

"그래, 논을 다른 사람에게 빌려줘 소작미를 받고 그걸 팔아서 돈을 저금했겠지. 그래, 지금도 오토에몬 씨에게 이 논을 모두가 빌려서 소작을 하고 있는 거야. 뒤쪽 하루요시 씨 집도 그렇고, 사쿠지로(作二郞) 씨 집도 우메토(梅十) 씨 집도 고부다메 씨 집도 그렇단다.-

——그렇게 모두가 농사지은 쌀을 오토에몬 씨에게 소작미로 지불하

면 오토에몬 씨는 그걸 팔아 돈으로 바꾸는 거지."

"흥"이라고 대답하며 싱은 골똘히 생각했다. "그럼 오토지 군 가족
은 일하지 않아도 다른 사람이 일을 해주니까 되네요."

"응, 충분하지."

"왜일까?" 싱에게는 아직 의문이 남아 있었다.

"왜라니, 전답이 많이 있으니 도리가 없어."

"그럼, 그 많은 전답은 어디에 있었을까요?"

어머니는 그 이상 알 수 없었다. 마침 그 순간 대중목욕탕에 도착
해 싱은 어머니와 헤어진 뒤 남탕 문을 덜커덩 열었다. 아직 추위가
찾아오지 않은 겨울철 자욱하게 낀 따스한 기운이 시골의 불결한
대중목욕탕이 풍기는 일종의 이상한 냄새와 함께 싱의 얼굴에 살짝
닿자 싱의 주의는 곧장 내부에서 외부로 옮겨갔다. 마을에서 행해지
는 곡예의 음침한 광고가 붙은 때투성이의 벽 아래에서 옷을 벗고
벌거숭이가 되었을 때 안의 상황은 포근한 기운에 휩싸여 알 수는
없지만, 누구와 누군가가, 즉 어른 두 사람이 서로 얘기하고 있는
듯한 목소리가 들려왔다. 한쪽은 분명히 그 오토에몬의 날카롭게
울리는 목소리였는데 물론 말의 의미는 파악할 수 없었다. 하지만
공중목욕탕 카운터의 말주변 좋은 할머니와 지금 욕실에서 찐 감자
처럼 후끈 달아오른 상태로 나온 이치로(市郞)라는 자전거 집 아들
사이에서 주고받는 의미 있는 듯한 이상한 웃음을 보니 뭔가 있음에
틀림없다는 생각이 들었다. 욕실과 판자 사이의 경계의 문을 삐걱하

고 열며 안으로 들어갔다. 욕실에는 전등이 없었으며 판자 틈에 하나 있을 뿐이었다. 게다가 약한 전등 빛이 따스한 기운으로 뒤덮인 유리창을 통해 비칠 뿐이었다. 따라서 어두워서 처음에는 뭐가 뭔지 알 수 없었고 자칫하면 물바가지에 걸려서 넘어질 때도 있었다. 조금 지나자 눈은 그 어두움에 순응했다. 그때 싱의 눈에 비친 것은 욕조에서 기세 좋게 일어나 뒷사람에게 폐 끼치는 것도 상관없이 거칠게 뛰쳐나와 욕조 밖 몸 씻는 곳 가장자리에 앉은 오토에몬의 벌거벗은 모습이었다. 오토에몬은 그 언저리에 있던 물바가지를 가지고 다시 일어서서 욕조 안으로 첨벙 그것을 거칠게 처박아 한 바가지를 끼얹더니 다시 앉았다. 물을 풀 때 욕조 안에 있던 누군가를 향해,

"사람을 바보 취급하는 말을 하지 마!"라고 말했다. 싱이 욕조에 들어가 보니 수건으로 머리띠를 두른 하루요시의 아버지인 와지로(和二郞)와, 같은 마을에서도 맞은편 산으로 불리는 서쪽 지역에 살고 있는 다이츠(太一)라는 농부와, 머리털이 뒤죽박죽인 아오키 씨가 들어가 있었다. 그래서 싱이 당황하여 아오키 씨에게 머리를 숙이자 아오키 씨도 잠시 가볍게 인사했지만 뭔가 다른 생각에 빠진 듯 다시 그 엄한 눈을 하루요시의 아버지인 와지로 쪽으로 돌렸다. 잠시 침묵이 흐르더니,

"무슨 그런 바보 같은 말을 하는 거야, 사람이 가끔 공중목욕탕에 오면 엉터리 같은 말을 한다니까" 하고 오토에몬이 투덜투덜 혼잣말

을 하는 것이 들렸다. 싱은 무슨 원인으로 말다툼이 일어났는지, 또한 말다툼 상대는 이 세 사람 중 누구인지 알지 못했지만 와지로가,

"다섯 섬 적게 해주라고 하면 이쪽이 억척일지도 모르지만 그저 한 섬 참아달라고 부탁한 거야. 사정은 잘 알 테지"라고 말하자 거기에 대답하며 오토에몬이,

"바보 같은 말 하지 마. 집에 돌아가서 보증서를 잘 보라고, 뭐라고 쓰여 있는지"라고 했다. 와지로가 그 대답을 받아,

"보증서도 보증서지만, 자네는 정이라는 걸 모르나, 이 흉년의 해에, 더욱이 쌀값이 내린 때에 여느 때와 똑같이 바치면 이쪽은 정말로 굶주려야만 하네"라고 하는 말을 듣고 있는 동안에 어슴푸레 그말다툼 내용을 싱은 알게 되었다.

"이봐, 이봐" 하고 오토에몬이 등을 옆으로 비비며 말했다. "자네들은 걸핏하면 기근이니까 소작미를 깎아달라는 둥, 사정이 있으니까 이렇게 해달라고 하지만, 한번이라도 올해는 풍년이므로 한 섬 덤으로 드리겠다면 가지고 온 적이 있나? 더욱이 올해의 기근은 유독 자네들에게만 한정된 게 아냐. 어디라도 마찬가지이니까 만일 자네들 부탁을 들어준 날에는 나도 나대로 수습을 할 수가 없어"라고 말한 뒤 오토에몬은 '으쌰~' 하고 기합소리를 내며 일어섰다. 그리고 싱의 바로 옆으로 들어와서 싱은 낮의 일도 있어서 머뭇거렸지만 오토에몬은 딱히 싱 등을 염두에 두고 있는 것 같지도 않았다.

"그러므로 비밀로 말하지 않나?" 하고 와지로가 말했다. "우리만의 얘기이고 다른 사람에게는……."

"그런 말 하면 안돼, 무엇보다 여기에 있는 다이츠 씨가 듣고 있지 않은가?"라고 말했다. 얌전한 다이츠라는 노인은 불쑥 자신의 이름이 불리자 잠시 당황했다.

"그래도 다이츠 씨가 빌린 곳은 땅이 비옥하니, 기근이라고 해도 상관없을 테지만……."

"다이츠 씨는 괜찮다고 해도 벽에 귀가 있고 여탕 쪽에서 소작인의 마누라가 듣고 있을지 모르니까 자네만 삭감해 줄 수 없어."

"여탕에는 지금 아무도 없어."

"있어."

그러자 와지로가 갑자기 깜짝 놀랄 정도의 큰 목소리로,

"이봐요, 여탕 쪽에 아무도 없어요?"라고 물었다. 누군가 두세 사람 있는 듯했지만(싱의 어머니도 있었음에 틀림없다), 이제 이쪽의 말다툼을 듣고 있었기에 대답하는 이도 없었고 와지로의 목소리는 공허하게 좁은 공중목욕탕 전체에 가득 울릴 뿐이었다. 하지만 오토에몬은,

"자, 벽에 귀가 있어, 무서워. 무서워"라고 혼잣말을 하면서 철벅철벅 탕 물을 요동시키며 거칠게 일어서서 밖으로 나갔다. 이윽고 그가 허둥거리며 옷을 입고 공중목욕탕에서 사라지자 지금까지 욕조에 있던 네 사람은 연이어서 몸 씻는 곳으로 나가 몸을 씻기 시작했다.

"와지로 씨" 하고 아오키 씨가 말을 걸었다. "당신 어느 정도 빌렸나요?"

"허어?" 하고 와지로는 얼굴을 들었다. "대단한 것도 아니지만……" 하고 말하기를 꺼렸다.

"그곳에서 땅을 빌린 집은 모두 몇 가구 정도 되나요?"

"글쎄요, 대략 15가구 정도일 걸요. 하지만 30평 정도 빌린 집을 포함하면 더욱 많겠죠. 아무튼 마을에서 농사 짓는 사람 중 그곳에서 땅을 빌리지 않은 집은 셀 정도니까요."

"그럼, 모두가 올해는 곤란한 사정이겠군요?"

"그래요, 곤란하죠. 우리 집도 지독한데 통째로 전답을 빌린 도쿠(德) 씨 등은 쭉정이 벼뿐이고 만족스런 쌀은 한 알도 수확하지 못했다고 울먹이듯 말해요. 게다가 오토에몬 구두쇠가 오면 아무리 부탁해도 들어줄 놈이 아니에요. 그 빌어먹을 놈, 뒈질 거야"라며 결국에는 분개했다.

"그래서 보통의 해라면 그쪽에서 말한 만큼의 소작미를 바치면 살아갈 수 있나요?"

"아뇨, 보통 때라도 요즘 쌀 가격이 떨어져서 모두 너무나 괴로워해요"라고 말했다. 다시 분개하며 "이봐요, 저렇게 정 없는 놈이 그 커다란 궁전 같은 저택에서 뽐내며 거둬들이지만 모두 소작들이 피와 땀을 흘려 바친 소작미로 저렇게 한다니까요"라고 말했다.

"와지로 씨, 서툴러요"라고 아오키 씨는 풋장기를 조언하듯이 말했다. "그렇게 모두가 괴로워한다면 왜 모두 함께 소작미를 내리라고 담판하지 않나요?"

"그건 그렇지만……."

"당신 한 사람이 소작미를 내려달라고 하니까 저쪽에서 강하게 나오는 거죠"라고 아오키 씨는 평소에 그다지 말을 하지 않는 편이지만 점점 말수가 많아졌다.

"그건 그렇지만……." 와지로는 말하기를 꺼리다가 "그게 그…… 그렇게 하는 게 공산당의 방법인가요?"라고 어렵게 물었다. 아오키 씨는 쑥스럽게 느껴졌다. 그러나

"공산당도 아무것도 아니지 않을까요? 해낸 쪽이 이득을 보는 일은 척척 하는 편이 득이죠"라고 힘을 보탰다. 아오키 씨와 와지로가 욕조에 들어가자 싱도 따라서 들어갔다. 다이츠 씨가 혼자 나가버린 뒤에 아오키 씨는 차근차근 와지로에게 반드시 소작들은 함께 담판 지으라고 권했는데 아오키 씨가 이렇게 열심인 모습을 싱은 지금까지 한번도 본 적이 없었다. 때때로 "단결해서"라고 말한 뒤 당황해 "함께"라고 말을 고치기도 하고 "프롤레타리아는"이라는 말을 꺼내 와지로에게 "뭔가요? 그 프롤레타리아라는 건?"이라고 질문을 받자 "가난한 사람들입니다"라고 연설하듯 설명했다. 싱은 구체적인 얘기는 알 수 없었지만 대략 의미를 파악하고 '과연'이라며 고개를 끄덕였다. 때때로 와지로가 납득이 가지 않는다는 태도로 "헤에? 그런가요?"라고 묻는 곳에서도 싱은 이해할 수 있다고 생각했다. 점점

와지로도 이야기에 빨려 들어가 "그런가요, 그런가요?"가 "그래그래, 맞아요"로 변했고, 결국엔 드디어 아오키 씨의 권유에 따라 마을 소작들을 아무튼 한곳에 모이게 한 뒤 그중에서 대표 두세 명이 오토에몬 집에 한 해 소작미를 삭감해 주도록 담판을 지으러 가자고 했다. 그렇게 말하는가 싶더니 철버덕 욕조에서 뛰쳐나왔다. 그 모습이 너무나 갑작스러워서 아오키 씨와 싱은 와지로가 그토록 감격했을까, 혹은 미친 것이 아닐까 의아해 했지만 그게 더운물 나오는 구멍 부근에 있던 와지로의 엉덩이에 갑자기 찌르는 듯한 뜨거운 물이 솟아올랐기 때문임을 알게 되었다.

싱은 공중목욕탕에서 나오자 전선 사이에서 푸르게 빛나는 별을 쳐다보며 상기된 뺨 위로 겨울바람을 상쾌하게 느꼈다. 그리고 방금 전에 아오키 씨가 언급한 '벽'이라는 언어를 생각하며 걸었다.

"부자와 가난뱅이 사이에는——지주와 소작인 사이에는 제거할 수 없는 벽이 있는 거죠"라고 아오키 씨가 내뱉은 그 '벽'의 의미를 싱은 전혀 이해할 수 없는 것도 아니라고 생각했다. 1개월 전쯤 아직 사랑을 하지 않은 싱이라면 이에 대해 이해하지 못했을지도 모르지만, 지금의 싱은 막연하지만 벽의 비유, 즉 그 언어의 속뜻을 파악할 수 있었던 것이다. 싱의 머릿속에는 견고하게 둘러싸인 흰 회반죽 벽과 그 벽 안팎에서 서로 노려보고 있는 인간의 무리가 그려졌다. 벽 안에 있는 사람은 오토에몬 일가이고 나츠코까지도——빌어먹을! ——그 안에 들어가 있다. 벽 밖의 인간은 마을 사람들이다. 와지

로도 싱의 가족도 아오키 씨도 있다.

가난한 농부들이 꿈틀거리고 있다. 그 사람들은 벽을 치우려고 밖에서 끙끙 밀고 있다. 그러나 벽은 도무지 미동도 하지 않는다.

지금 싱에게는 평화라는 일색으로 채색되어 있는 마을이 평화로운 것은 단지 표면일 뿐으로 한 꺼풀을 벗기면 마을 사람들은 두 그룹으로 나뉘어 투쟁하고 있다는 사실을 확인하게 되었다. 가난한 집은 싱의 집뿐만 아니라 마을의 많은 집이 똑같이 가난하다는 사실을 안 것이다.

"그 벽을 가난한 사람들은 한곳에 모여 서로 도우며 마음을 하나로 합쳐 극복하는 거죠"라고 아오키 씨가 언급한 것에 대해 와지로가 "그래, 그래요! 해봅시다"라고 대답했지만 도대체 무엇을 해볼 것인가. 모두가 오토에몬에게 뭇매질을 할 것인지, 그 벽을 때려 부술 것인지, 그 집에 불을 지를 것인지, 그렇게 되면 오토지도 나츠코도 참담하겠지. "으앙으앙" 하고 울 것이다. 얼마나 통쾌할까. 특히 그때 오토지에게 가세한 나츠코가 비참한 구렁텅이에 떨어진다고 하는 공상은 싱의 마음속 답답함을 깨끗하고 시원하게 지워 없애고도 남았다. 그리고 싱의 공상은 점차 나츠코에게로 발전해 갔다. 나츠코의 그 아름다운 목이 울룩불룩한 커다란 손에 의해 꽉 조여진다면, 혹은 그 너무나도 칠흑 같은 머리칼을 누군가가 밧줄로 세게 동여매 잡아당긴다면, 혹은 그 부드러운 발을(나츠코가 양말을 다시 고쳐 신고 있을 때 본 그 발을) 모질고 사나운 들개가 물고 늘어진다면,

혹은 누군가가 죽창 등으로 소름끼치는 행동을 해버린다면 정말이
지 얼마나 통쾌할까. 얼마나 가슴이 후련할까 하고 생각했다. 하지
만 싱의 공상에는 한계가 있어서 이윽고 지옥의 그림과 같은 악몽이
막을 내리자 일종의 표현할 수 없는 적막함이 싱의 몸에 물밀듯이
다가왔다. 또한 지금까지 숨어 있던 양심이 부스스 머리를 쳐들고
"넌 나쁜 생각을 했지, 하나님에게서 벌이 내릴 거야"라고 공격을
퍼부었다.

　오토지 집에 놀러 간 날 가난한 집 애라는 얘기를 듣고부터 자신
의 가난함에 대한 인식과 오토지 일가에 대한 반항심과 나츠코에
대한 증오 등 여러 가지 감정이 뒤엉켜서 싱은 더 이상 오토지 집을
들여다보러 갈 마음이 내키지 않았다. 그래서 일주일 정도는 죽마를
꺼내지 않고 지냈지만 나츠코에 대한 무의식의 사랑은 잠복기의 병균
처럼—땅에 묻힌 한 알의 종자처럼, 눈에 보이지 않는 깊고 깊은 곳
에 잠복해 있으면서, 여차하면 그것은 종자의 형태를 취하면서—
예를 들면 꿈이 되거나 공상으로 나타나며 싱의 생활을 충만하게
하는 것이었다. 싱의 마음이 창이라면 그리움은 해 질 녘이 되어 램
프처럼 점화되었다. 어느 날, 다음과 같은 우연한 일이 결국 싱을
유혹으로 이끌고 말았다.

　학교가 파하고 언제나 어린애들이 놀던 죠간인 마당으로 갔더니
토담 아래 빛이 약한 양지 쪽에 있던 10명 정도의 소년들이 싱의
얼굴을 보고 "와아" 하며 소리를 질렀다. 싱은 무슨 영문인지 몰랐고

얼굴에 먹물이라도 묻었을까 하고 생각해 "어째서, 어째서?"라며 소년 일행에게 다가갔다. 그러자 그중에서도 익살꾼 두부집 긴페이(銀平)가 "싱 군, 너 애인 있니?"라고 진지한 체하면서 조롱하자 일동은 다시 "와아!" 하며 모두 한목소리로 놀렸다. "헤헤, 히히, 호호"라고 이상한 웃음까지 지으며……. 아직 싱은 뭐가 뭔지 몰라서 "왜, 왜?"라고 하자 "거기, 거기"라고 하며 긴페이가 토담의 한곳을 가리켰다. 거기에는 기왓장조각 검은 부분을 사용해 서툰 필적으로 "싱과 나츠코는 연애쟁이"라고 적혀 있었고, 그 옆에 어린애들이 자주 그리는 남과 여 그 부분을 유치하게 모방한 그림이 그려져 있었다. 싱의 얼굴에 발끈 피가 솟아올랐다. 더 이상 용서할 수 없다. "누구야, 이걸 그린 놈은?"이라고 아랫입술을 깨물고 노려보았지만 상대방 소년들은 "난 몰라, 난 몰라"라고 노래 부르듯 말하면서 재미있어하므로 싱은 더욱 짜증이 났다. 긴페이 등은 "난 몰라, 난 몰라"에 맞춰 양손으로 이상한 흉내를 내며 합치기도 하고 풀기도 했다. 밉살스런 놈이다. 하지만 긴페이는 도망치는 속도가 빠른데다가 설령 붙잡아서 싸워봐도 싱 쪽에 그다지 승산이 없으므로 한마디로 달려들 수는 없다. 그 순간 싱의 눈에 띈 것은 하루요시였다. 하루요시는 모든 이의 그늘에 숨어 역시 "난 몰라"라고 말했다. 하루요시는 싱의 울화통을 풀 대상으로서 최적의 상대다. 그것을 알아차리고 하루요시가 급히 노래 부르는 것을 멈추고 도망치기 시작하자 싱은 쫓아가 돌계단 위에서 붙잡았다. "네 녀석이지, 쓴 놈이?"라고 힐책하자

132

"난 몰라"라고 바로 정직하게 대답했지만 설령 그것이 하루요시가 아니라 해도 그 죄를 하루요시에게 씌우지 않고는 싱의 낯이 서지 않으므로 "네놈이지, 이리와!"라고 하며 토담 쪽으로 끌고 갔다. 하루요시는 "싱 군, 봐줘, 난 정말 모른다니까"라고 애원하듯 말했지만 싱은 허락하지 않았다. "싱과 나츠코는 연애쟁이"의 '싱'이라는 글자를 지우라고 명령했다. 하루요시가 어쩔 수 없이 그것을 옷소매로 지웠다. 그것으로 용서했으면 좋으련만 싱은 조롱의 대상을 자신에게서 하루요시로 옮겨놓고 싶었기 때문에 싱이라는 글자를 지운 곳에 하루요시라는 이름을 쓰도록 지시했다. 말하고 난 뒤에 문득 후회했지만 이제 도리가 없다. 거절하는 하루요시의 목덜미를 잡고 힘차게 제압해서 결국 쓰게 했다. 하루요시는 작은 기왓장조각을 주워 자신의 이름을 작게 쓰더니 "으앙" 하고 울기 시작했다. 그 울음소리가 일동의 분위기를 한순간에 깼다. 모두가 이제 놀리지 않았다. 눈에 팔을 대고 종잡을 수 없는 모습으로 울면서 가는 하루요시에게 일동은 모두 길을 열어주며 침묵의 배웅을 했다. 하루요시의 머리가 한 계단 두 계단 돌계단을 내려가 보이지 않게 되자 일동은 이윽고 싱을 거기에 남겨둔 채 안쪽 숲으로 풀 열매를 찾으러 간다는 구실을 대고 사라져버렸다. 싱은 망연히 서 있는 자신을 발견했다. "하루요시와 나츠코는 연애쟁이." 싱은 한 문장의 낙서에 심한 질투심이 일어났다. 싱은 '하루요시'라는 두 글자를 지웠다. 그리고 "——와 나츠코는 연애쟁이"라는 부분을 한참 응시하고 있었지만 하루요시가 버린 기왓장조각을 주워 다시 거기에 '싱'이라는 글자를 썼다. "싱과 나츠코는 연애쟁이", '싱과 나츠코, 싱과 나츠코⋯⋯'라고 쌀알을 씹듯이 정겹게 중얼거렸다. 하지만 이러한 내용을 다른 사람에게 보이면 안된다고 생각해 떨어져 있던 짚신으로 먼저 야한 그림을 지우고 다음에 '연애쟁이'라는 글자를 지웠다. 그런 뒤 '싱과 나츠코'의 '과'만을 지우고 한참 '싱 나츠코'라는 글자를 쳐다보고 있다가 그것도 함께 지워 없앴다.

  자신의 몸 어딘가 깊은 곳에서 뿌리내려 움터온 어떤 대상에 타격을 받아 싱은 그날 여느 때보다 빨리 죽마를 끄집어냈다. 이제 그 무렵엔 마을 소년들 사이에서 죽마에 대한 흥미는 사라지고 고무줄 새총이 그것을 대신하고 있었다. 게다가 그렇게 때때로 같은 시각에, 특히 눈에 띄는 커다란 죽마를 꺼내는 것은 부근 사람들의 눈길을 끄는 일이므로 싱은 청년회관 뒤편으로 갈 때까지 일부러 멀리 돌기도 하고 다른 사람이 거의 지나가지 않는 집과 집 사이의 음침한 곳을 도둑고양이처럼 통과하기도 하며 대단히 고생을 해야만 했다. 여느 때처럼 청년회관 뒤편에서 구두를 주머니에 찔러 넣고 죽마를 탔다. 일주일 정도 오지 않은 비밀장소까지 싱은 가슴을 두근거리며 서둘러 갔다. 부드러운 검은 땅, 그곳에 올 때마다 남기고 간 죽마 흔적이 무수히 박혀 늘어서 있었다. 어떤 것에는 바람에 날려 지상을 날아다닌 볏짚 부스러기나 휴지 등이 괴어 있어서 싱이 여기에 몰래 들여다보러 오기 시작한 뒤부터 지금까지 격조했음을 보여주었다. 싱은 그 길을 황새걸음으로 걸어 항상 오는 장소에 도착하자 여느 때처럼 죽마를 벽 지붕에 걸쳤다. 그런데 툇마루에는 하루요시의 아버지인 와지로가 비스듬히 싱 쪽을 향해 앉아 있었다. 옷깃이나 등에 문양 등을 새긴 윗도리를 입고 지카다비를 신고 있었다. 싱은 일전에 목욕탕에서 일어난 사건을 회고했다. 아오키 씨의 얘기를 듣고 "그래, 해보자"라고 말하며 욕조에서 뛰쳐나온 일(하지만 뛰쳐나온 것은 뜨거운 욕탕물이 엉덩이에 닿았기 때문이지만)이 생각났다. 따라서 와지로가 마을 소작인들 대표가 되어 담판을 지으러 찾아왔으리라 생각했는데 잠시 지켜보는 동안 와지로의 거동에 싱의 상상은 어긋나고 말았다. 그곳에 있는 듯싶은데 목소리만 들려왔고 모습은 싱이 있는 곳에서 볼 수 없는 오토에몬을 향해 와지로는 연방 머리를 숙이며 겉치레 웃음을 짓고 있었다.

"헤에 헤에"라고 말했다. "뭐야, 그런 녀석들이 몇 명 모여서 왁자지껄 떠들어도 떼를 지어 있을 뿐 방귀 한번 뀌지 못해요."

"그래도" 하고 보이지 않는 오토에몬의 목소리가 대답했다. "엊그제 밤도 어젯밤도 양조장댁 이치(市)의 집에 모였다고 하지 않는가."

"웬걸요, 모여도 말할 수 있는 놈은 한 명도 없어요."

"은혜도 모르는 놈들이……" 하고 오토에몬의 목소리가 이어졌다. "도대체 누가 말을 꺼낸 거야?"

그러자 와지로의 얼굴에 그 순간 당황한 기색이 비치더니,

"봐요 오토 씨, 그거야 그 약국 죠(讓) 주인."

싱은 놀랐다. '죠'는 아오키 씨의 이름이었다.

"이봐 그런 자는……" 하고 와지로는 목소리를 낮춰 말했다. "아직도 공산당이죠."

"호오"라며 얘기에 빠져든 오토에몬의 목소리가 들렸다.

"그런 자를 경찰은 잘도 봐주는군. 일전에도 공중목욕탕에서 내게 열심히 선전하던데 난 거스르는 것도 바보스런 짓이라고 생각해 '무슨 말을 하는 거야'라고 생각하면서도 들었지. 이를테면 한번 공산당에 물들면 폐병에 걸린 것과 마찬가지라니까."(얼마나 거짓말쟁이인가!)

싱은 벽 위에서 "오토 씨는 거짓말쟁이야"라고 외치고 싶었다.

"그런 나쁜 놈이라면" 하고 오토에몬의 목소리가 들렸다. "다시 한 번 경찰에 넘기면 좋지 않을까?"

"네, 어제였는지, 엔도(遠藤) 씨(주재 순사 이름)에게 얘기했더니 본서 사람과 연락해서 어떻게든 한다고 했는데, 내일 그놈들 끌려가겠죠."

'와지로는 얘기를 듣는 귀신보다도 도둑보다도 나쁜, 계속 미워해도 성에 차지 않는 놈이다. 이제 우리 집에 물건을 빌리러 오더라도 빌려주지 않을 테야. 자전거도 빌려주지 않을 테야. 게다를 사러 와도 팔지 않을 테야. 하루요시 등과도 놀아주지 않을 테야'라고 싱은 마음속으로 외쳤다.

아오키 씨를 중심으로 한 얘기는 오토에몬의 "약국에서도 골치

아픈 자가 나왔군"이라며 약간 조소적이고 동정하는 듯한 영탄으로 끝났다. 와지로는 툇마루에서 일어서며,

"그럼"이라고 말하며 "내일 가져올 테니 잘 부탁합니다"라고 머리를 숙였다.

"자네만 2섬 깎아주는 것이니 다른 사람에게 절대 말하면 안돼. 이런 일 전에는 없었으니까."

"헤헤, 정말 죄송합니다"라며 가난뱅이 와지로는 부자 오토에몬 앞에서 굽실굽실 천하게 머리를 숙였다. 싱 쪽에서는 오토에몬 모습이 보이지 않고 머리를 숙이고 있는 와지로만 보인 까닭에 마치 하느님이나 부처님에게 절하는 듯 느껴졌다. 싱은 배알이 뒤집혀서 눈을 감고 싶을 정도였다. 이윽고 와지로가 출입문에서 나간 듯 딸랑딸랑 방울소리가 들렸다.

그가 이해하기에는 너무나도 깊은 음모를 싱은 목격했다. 싱은 그것을 어떻게 해석해야 좋을지 알 수 없었지만 명료한 생각은 아닐지라도 지금 목격한 장면은 어른 사회의 무서운 쟁투, 가장 비열한 수단으로 행해지는 경쟁인 하나의 현실적 예임을 깨달았다. 오토에몬이 와지로를 매수한 것인지, 와지로가 소작인들을 배반한 것인지, 그러한 의문은 싱에게 일어나지 않았지만 다만 싱이 느낀 것은 와지로의 비열한 행동의 배후에는 그를 지배하는 가난이 들러붙어 있다는 사실이었다. 동료를 내버리고 배반해서라도 자신은 단물을 빨아먹겠다는 가난뱅이 근성이 들러붙어 있다는 사실이었다.

하지만 한편으로는 아오키 씨의 일이 마음에 걸렸다. '와지로가 엔도(순사)에게 밀고한 것이 정말일까, 엔도 씨의 보고로 본서에서 많은 순사가 밀어닥칠 것인가, 아오키 씨를, 그 친절한 아오키 씨를 포박해서 데려갈 것인가?' 하고 계속 생각했지만 싱의 사고는 오래 가지 못했다. 싱이 숨어 있는 장소에서 20미터도 떨어지지 않은 동서로 통하는 길에서 '뿌우' 하고 울리는 두부장수의 차가운 나팔소리가 돌연 나쁜 상상을 했다는 의식으로 싱을 되돌렸기 때문이다. 싱은 그 소리를 왠지 모르게 꿈 꾸는 듯한 느낌으로 들었다. 하지만 '뿌우, 뿌우' 하고 '우'음을 울음소리처럼 처량하게 메아리치며 멀리 사라지자 다시 눈을 툇마루 쪽으로 돌렸다. 잠시 석양빛이 희미하게 비치는 툇마루의 공허한 시간이 지나자 갑자기 덜거덕 미닫이가 열리더니 등에서 소매 끝까지 길이가 짧은, 가스리 옷을 입은 오토지가 나와서 거기에 양다리를 아무렇게나 뻗고 앉았다. 그리고 지금 학교에서 6학년 남학생이 이과시간에 만드는 모터의 모형을 만지작거렸다. 이런 것에 손재주가 없는 오토지는 생각대로 되지 않자 초조해져 보고 있는 사람도 우스울 정도로 모터를 향해 조소와 욕설을 퍼부었다. '쳇' 하고 혀를 차고 감겨 있는 녹색 선을 풀기도 하고 "제대로 되어라. 멍텅구리!" 하고 소리치며 조금도 반듯하게 되지 않는 엷은 동판조각을 툇마루 위에서 탁탁 치기도 했다.

가스리 물감이 살짝 스친 것 같은 흐린 무늬가 있는 천

〈원고 1매 결(缺)〉

나츠코가 있는 힘을 다하면 다할수록 두 사람의 신체는 서로 정면으로 충돌했다. 빨리 오토지가 돌려주면 좋을 텐데,

"잘라야 하니 돌려줘요"라고 나츠코가 아름다운 눈썹을 찡그리며 애원해도 오토지는 "괜찮다니까"를 반복할 뿐 역시 가위를 등 뒤로 감추었다. 나츠코도 어지간한 선에서 포기하면 좋을 텐데 포기하지 않고 다시 새로 노력하며 마치 정면에서 오토지를 포옹하려는 듯한 자세로 오토지의 등 뒤로 손을 돌리려고 했다. 오토지의 등 뒤에서 오토지의 가위를 쥔 손과 나츠코의 흰 손이 의지를 품은 두 마리 물고기처럼 경쟁했다.

싱은 그 경쟁이 부러워서 견딜 수 없었다. 오토지에 대한 질투심을 참을 수 없었다. 싱은 이 사소한 경쟁을 통해 두 사람의 평생 동안의 친밀감을 상상할 수 있었기 때문이다. '쳇, 아니꼬워라' 작은 소맷자락이 붙은 나츠코의 옷 소맷부리에서 빨간 털실 속옷 끝이 혀처럼 힐끔힐끔 보이는 것을 이상한 기분에 사로잡혀 보고 있자니 어느 샌가 죽마를 붙잡은 오른손의 엄지손가락 손톱을 무의식중에 깨물고 있는 자신을 발견했다. 딸랑딸랑 출입문 열리는 소리가 들렸다. 싱과 함께 깜짝 놀란 툇마루의 두 사람은 다투는 것을 멈추고 문 쪽으로 눈길을 돌렸다. 그리고 즉시 부끄럽게 서로 잡고 있던 손을 떼고 고개를 숙였다.

──'누구일까?' 하는 호기심이 싱의 머리에서 요동쳤다.

싱은 머리가 지끈거려 시야에서 한꺼번에 모든 대상을 잃고 말았다. 나츠코가 붉어진 얼굴을 오토지 어머니 등에 숨긴 것도 오토지가 더욱 붉어져 고개를 숙인 것도 이제 싱의 눈에는 무의미했다. 눈앞에 자욱하게 연기처럼 낀 그 안에서 츠지 선생이 "그럼 오토지 군도 확실히 공부해서 훌륭하게 돼야 해"라고 오토지에게 겉치레 말을 하는 것을 들었다. 싱은 하늘처럼 커다란 절망 속에서 곧장 안정을 되찾은 뒤──"돌아가자!"고 자신에게 말했다. 벽에서 떠나자 약간 다리가 후들거렸다. '넘어져서는 안된다!' 그런 마음인 한편 죽을 정도로 심하게 냅다 쓰러져서 땅 위에 진흙투성이가 되어 뒹굴고 싶은 충동이 우울하게 일어났다. 공허한 눈으로 과거 며칠간이나 거기를 통과하며 표시를 남긴 죽마 자국을 더듬고 더듬으니 절망의 비애가 다시 물결처럼 밀려왔다. 비틀비틀해서 그대로 벽에 몸을 던지는 기분으로 기대자 싱의 머리에 차갑게 닿는 것이 있었다. 돌아보니 그것은 겨울철에 나는 여름밀감의 검푸른 이파리였다. 그 이파리 안에 한 개의 터질 듯한 아름다운 여름밀감의 노란 알맹이가 숨어 있었다. 싱은 한 손을 펼쳐서 그것을 비틀어 뜯어 주머니에 넣었다. 그리고 다시 벽을 떠나 걷기 시작했다. 바람이 없는 차가운 해 질 녘. 서쪽의 먼 지붕 위에 가는 붉은빛 구름이 옆으로 누워 있는 모습이 싱의 희미해진 주의를 잠시 끌었다. 청년회관 앞까지 오자 높은 죽마에서 뛰어내려와 죽마를 땅 위에 누이고 방금 따온

차가운 여름밀감을 꺼냈다. 복수한 셈치고 훔쳐온 하나의 과일 열매
──싱은 투수처럼 손을 휘둘러 힘껏 여름밀감을 던졌다. 던져진 여
름밀감은 어렴풋이 신 냄새를 풍긴 채 오토에몬 저택의 뒤뜰에 '툭'
하고 둔탁한 소리를 내며 떨어졌다.

니이미 난키치

1913년 7월 30일 아이치 현(愛知県) 지타 군(知多郡) 한다초(半田町: 현 한다 시)에서 다다미가게를 경영하는 아버지 와타나베 다조(渡辺多蔵)와 어머니 리에(りゑ) 사이에서 2남으로 태어남. 본명은 니이미 쇼하치(新美 正八)

1917년(4세) 11월, 어머니 리에 병으로 사망

1919년(6세) 2월, 계모 싱(志ん)이 입적. 같은 달 이복동생 마스키치(益吉)가 태어남

1920년(7세) 4월, '한다 제2진조(尋常: 보통)초등학교(현 야나베岩滑초등학교)' 입학

1921년(8세)　　7월, 친어머니 리에의 친정인 니이미(新美)가의 양자가
되지만, 적적함을 견디지 못하고 12월 와타나베가로 돌아옴

1926년(13세)　　3월, '한다 제2진조초등학교' 졸업. 4월, 한다중학교
(현 한다고등학교) 입학

1927년(14세)　　이 무렵부터 문학에 흥미를 보이며 동화와 동요를
활발히 창작

1929년(16세)　　『녹초(緑草)』, 『소년클럽(少年倶楽部)』 등에 활발히 투
고. 야나베의 유지와 등사판인쇄 동인지 『오리온(オリオン)』을 펴냄. 5
월, 「소좌와 중국인 이야기」(나중에 「장홍륜」) 창작

1930년(17세)　　「아버지의 나라」 집필

1931년(18세)　　한다중학교 졸업. 오카자키(岡崎)사범학교 진학을 위
해 지원하지만 신체검사에서 불합격. 4월부터 8월까지 '한다 제2진조
초등학교'에서 임시교사로 근무. 이 무렵부터 기모토 미나코(木本咸子)
와의 교제가 시작됨. 잡지 『붉은 새(赤い鳥)』에 '난키치'라는 펜네임으
로 동요동화를 투고. 「쇼보와 검은 곰(正坊とクロ)」(8월호), 「장홍륜」(11월
호)이 게재됨. 9월, 동요잡지 『은행나무(チチノキ)』에 가입. 다쓰미 세이
카(巽聖歌)와 알게 됨. 10월, 초고 「금빛 여우(権狐)」 집필

1932년(19세)　　4월, 도쿄외국어학교(현 도쿄외국어대학교) 영어부 문과
에 입학. 처음에 다쓰미 집에 기거하다가 9월부터 외국어학교 기숙사

로 옮김. 『붉은 새』에 「금빛 여우」(1월호), 「들개(のら犬)」(5월호)가 게재됨

1933년(20세)　　기타하라 하쿠슈(北原白秋)와 스즈키 미에키치(鈴木三重吉)의 결별로 이해의 4월호를 마지막으로 『붉은 새』에 투고를 중지함. 12월, 「장갑을 사러 간 아기 여우(手袋を買いに)」를 창작

1934년(21세)　　2월, 처음으로 객혈. 「참새(雀)」, **「벽(塀)」** 등의 소설을 집필

1935년(22세)　　5월, **「주운 나팔」**, **「빨간 양초」**, 「달팽이의 슬픔」 등 유년동화 약 30편을 창작. 이해에 기모토 미나코의 결혼이 결정돼 실연을 맛봄

1936년(23세)　　3월, 도쿄외국어학교 졸업. 도쿄상공회의소 내의 도쿄토산품협회에 취직. 10월, 두 번째 객혈. 11월, 귀향

1937년(24세)　　1~3월, 병에 시달림. 도스토옙스키를 읽고 인간의 에고이즘과 사랑에 대해 생각함. 4월, '고와(河和) 제1진조고등초등학교'(현 고와초등학교)의 기간제교사가 됨. 6월, 「공기펌프」 창작. 동료 야마다 우메코(山田梅子)와 교제. 9월, 스기지(杉治)상회에 취직. '가라스네야마(鴉根山)축금(畜禽)연구소'에 기거하며 근무하다가 12월, 본점 경리과로 이동

1938년(25세)　　4월, 은사의 주선으로 안조(安城)고등여학교(현 안조고등학교)의 교사가 되어 1학년 담임을 맡음

1939년(26세)   1월, 나카야마 지에(中山ちゑ)와의 결혼을 생각함. 5
월부터 「하얼빈일일(日日)신문」에 「최후의 호궁(胡弓) 연주」, 「규스케
군의 이야기」, 「꽃을 묻는다」 등을 기고. 7월, 학생들과 후지산 등산.
8월, 이즈오시마(伊豆大島), 도쿄에 여행

1940년(27세)   6월, 나카야마 지에 사망. 「하얼빈일일신문」에 「방귀」,
「오토(音) 군은 콩을 삶고 있었다」, 「집」 등을 기고. 『부녀계(婦女界)』에
「전(錢)」, 『新 아동문화』에 「강」이 게재되어 이윽고 세상의 주목을 받
기 시작함

1941년(28세)   1~3월, 학습사의 의뢰로 「료칸(良寬) 이야기―고무공
과 스님의 밥그릇」 집필. 무리하여 건강이 악화되자 동생 앞으로 유언장
을 씀. 10월, 첫 단행본 『료칸 이야기―고무공과 스님의 밥그릇』을 출
판. 11월, 평론 「동화에 있어서 작품성의 상실」 발표. 12월, 혈뇨가 나옴

1942년(29세)   1월, 신장병을 앓아 통원 치료. 3월 「곤고로 종」, 4월
「할아버지의 램프」, 5월 「소를 맨 동백나무」, 「꽃나무 마을과 도둑들」,
「농부의 발, 스님의 발」 등의 대표작을 차례로 완성. 10월, 제1동화집
『할아버지의 램프』를 출판

1943년(30세)   병상 악화. 『소국민문화』에 「귀」를 발표. 자택에서
요양하며 「여우」, 「작은 다로의 슬픔」, 「사마귀」를 집필. 미발표 작품
을 다쓰미(巽)에게 보내 출판을 의뢰. 3월 22일, 후두결핵으로 영면

『니이미 난키치 동화선』 해설

1930년대 조선인 가족과 일본인의 인간적 교류
발굴자료_ 니이미 난키치의 「아버지의 나라」 외

역자는 2014년 8월 7~10일 '한·일청소년 평화교류'에 참가해 나고 야시 인근의 한다(半田) 시를 방문한 바 있다.

8일 오전으로 기억하는데, 한다 시에 위치한 나카지마 비행장 터(조 선인 강제징용 터) 견학을 위해 이동 중인 버스 안에서 일어난 일이었을 까? 주최 측이 한·일청소년에게 배포한 인쇄물에 니이미 난키치의 귀한 작품 「아버지의 나라」가 한국어로 번역돼(조선학교 강양순 역) 소책 자로 들어 있는 것을 발견했다. 깜짝 놀라 확인한 뒤 그곳 시민단체인 '한다 공습과 전쟁을 기록하는 모임'(대표 사토 아키오)으로부터 작가 니 이미 난키치가 1930년에 쓴 동화 「아버지의 나라」를 최근에 발굴했다 는 사실을 접했다.

일본 북쪽의 미야자와 겐지와 함께 남쪽을 대표하는 동화작가로 널 리 알려진 니이미 난키치에게는 대표작으로 매년 일본 초등학교 교과

서에 실리는 「금빛 여우」, 「장갑을 사러 간 아기 여우」 등이 있다. 그는 100여 편의 동화, 동요를 집필했으며 수십 편의 소설을 남겼다. 1994년 한다 시에 니이미 난키치 기념관이 들어섰고, 연간 5만 명 이상의 관람객이 그곳을 방문, 국민적 동화작가로 거듭나고 있다.

이러한 니이미 난키치에게 「아버지의 나라」라는 색다른 작품이 있었다니……. 「아버지의 나라」는 고임금 노동을 위해 일본으로 건너간 조선인 가족과 작가 어머니의 교류 체험을 배경으로 한 작품이다. 조선인에 대한 차별이 심했던 당시, 조선인이 주인공으로 등장해 일본인과 인간적 교류를 나누는 장면을 일본 작가가 그린 문학작품은 거의 찾아볼 수 없다. 당시 작품을 접하고 전율을 느꼈음을 고백한다.

또한 니이미 난키치에게는 국내에 소개되지 않은 반전평화작품 「장홍륜」과 「주운 나팔」, 그리고 빈부의 격차에 대한 사회모순을 지적한 「벽」이라는 작품이 있다는 사실을 깨닫고 충격을 받았다. 국내에 꿈과 희망을 노래한 작가라고만 알려진 작가의 또 다른 모습을 발견한 것이다. 반드시 국내에 소개하고 알려야 한다는 의무감이 발동한 순간이었다.

◆◆◆◆◆

난키치가 사회의식에 눈을 떠 반전평화 정신을 키운 계기는 도쿄외국어대 시절 교우들과의 친교를 통해서였다. 또한 성장기 농촌에서 자란 배경, 교우들과의 정보교환의 영향으로 빈부 격차와 농촌현실의 모순에 대해서도 관심을 가졌다. 그의 사회 담론과 진보적 사상에 대해 알려지기 시작한 것은 1975년에 난키치의 일상이 담긴 일기가 발견되면서부터이다. 그리고 바야흐로 85년엔 「니이미 난키치 · 청춘일기」가 세상에 공개됐다.

대학시절 사회의식에 눈떠 반전평화 정신 추구

난키치는 프롤레타리아 작품에도 관심을 보이며 고바야시 다키지 등에 대해서도 언급한 적이 있다. 친구에게서 『프롤레타리아 문학』이라는 잡지를 빌려 읽고 일기에 "고바야시 다키지에 대한 내용이 가득 쓰여 있다. 생각을 바꾸지 않으면 안되겠다. (중략) 사상적으로 고민하는 일은 이러한 것인가"(1933년 5월 27일)라고 흘린 부분이나, "문예로부터 조금이라도 벗어나 사회과학을 하고 싶은 생각이 든다"(5월 29일)라고 고백한 내용에서 근거를 찾을 수 있다.

6개월 후에도 난키치는 "현대사회가 소재라 할지라도 그 문학이 반드시 사회성을 지니는 것은 아니다. 문학이 사회성을 갖기 위해서는 사회인식이 분명해야 한다"는 견해를 내보였다(10월 3일). 그리고 농촌 현실, 노동자의 열악한 환경, 빈부 격차에 대해서도 주목하는 발언을 주저하지 않았다. 그런데 그런 일기를 쓰기 3년 전의 작품이 바로 「아버지의 나라」다. 난키치의 글로벌한 시야에 감복하지 않을 수 없다.

시대적 배경을 살피면 1910년 이후 일본 제국주의의 식민지정책 강화로 조선인들의 생활은 피폐해졌다. 따라서 경제적 빈곤으로 인해 일본으로 고임금을 찾아 고국을 떠나는 사람들이 증가하는 상황이었다. 하지만 일본 작업현장에서는 조선인 차별과 임금 착취가 매일 반복되는 일상이었으니 식민지인의 설움을 언어로 형용할 수 있었겠는가.

당시(한다중 시절) 난키치의 집 부근에서는 현 메이테츠고와선(名鐵河和線) 시설공사가 진행되고 있었다. 그리하여 1931년 지다(知多)철도 오타가와(太田川)~나라와(成岩) 구간이 열리는데, 이 공사에 다름 아닌 다수의 조선인 노동자들이 종사하고 있었다. 그 주변에 조선인 가족들이 기거하며 생활하고 있었음은 당연하다.

마침 난키치의 어머니는 신발가게를 운영하고 있었으므로 그는 주변에 사는 조선인 가족이 찾아와 신발 사는 장면을 목격할 수 있었다. 이와 같은 체험을 살려 난키치는 1930년에 「아버지의 나라」를 집필한다. 놀라운 것은 작품에 신발가게 일본 여성과 조선인 소녀(가족)의 교류가 너무나 따뜻하고 밀도 깊게 묘사되고 있는 점이다.

츠야코는 흰색과 검은색의 아름다운 조선옷을 입고 있었습니다. 아주머니가 좋은 옷이라며 칭찬하자 츠야코는 더 좋은 옷도 있다고 말했습니다.

"아, 그래?" 하면서 아주머니는 '역시 조선애도 좋은 옷 입는 것을 기뻐하는구나' 하고 생각했습니다.

"다녀왔습니다"고 하며 아주머니의 아들이 학교에서 돌아왔습니다. 아주머니의 아들은 중학교 5학년(구식 중학교 최고학년)이었습니다.

츠야코는 아주머니의 아들을 보자 눈을 깜빡거리며

"아버지──"라고 불렀습니다.

아주머니는 웃으며 '아버지'는 '오토상'이라는 의미라고 아들에게 가르쳐주었습니다.

조선인 소녀 이름이 일본식으로 '츠야코'라 불리는 것은 사실이지만, 식민지 조선에서 건너온 조선인 노동자 가족을 주목하는 작가의 시점을 어떻게 이해해야 할까. 당시 일본의 속국이던 조선에 관심을 표명하고 있거니와 '아버지'라는 조선어를 그대로 사용해 제목으로 붙인 사실을 의식하지 않을 수 없다.

난키치는 신발가게 주인이던 어머니가 조선인 가족에게 상냥하게 말 거는 장면을 접하지 않았을까. 일본 제국주의가 조선어 말살정책을 본격적으로 시행하기 전이었다고 할지라도 '아버지', '엄마' 하고 반복하도록 권하는 장면은 참으로 인상적이다.

조선인의 언어, 문화 가치를 인정

한다 시 시민단체에 의하면 당시 아이치 현에서 광산이나 댐 등의 공사에 저임금으로 종사한 조선인은 약 3만 5천 명 정도 있었다고 한다(「주니치신문」, 2014년 8월 17일자). 여러 교류의 형태가 있었겠지만 「아버지의 나라」에는 본문에서처럼 당시 조선인의 '정체성', '언어', '전통의 복'의 가치를 그대로 인정함은 물론, '아버지'라는 조선어를 아들에게 가르쳐주는 일본인 아주머니(난키치 어머니가 모델)가 등장하고 있다. 어찌 이 작품을 평가하지 않을 수 있겠는가. 특히 「아버지의 나라」는 식민지시대의 조선인 주인공을 통해 그 의미를 새겼다는 점에서 작품의 의의를 강조해도 지나치지 않을 것이다.

그뿐만이 아니다. 난키치 작품에는 인본주의와 반전평화 정신을 일깨우는 「소좌와 중국인」(뒤에 「장홍륜」으로 개명)이나 「주운 나팔」 등도 있기에 그의 동화가 지금도 우리에게 시사하는 바가 크다고 할 것이다.

「장홍륜」

1929년 작품 「장홍륜」에는 러일전쟁 때 일본군으로 만주에 건너가 전시 분위기를 정찰하던 소좌가 우물에 빠져 생사를 헤매던 터에 그를 구출해 주는 중국인 父子의 시대와 배경을 초월한 휴머니즘 짙은 인간적 교류가 그려진다.

중국인 부자의 도움으로 목숨을 건진 소좌는 무사히 귀국한 후 고마움을 잊지 않고 여러 차례 편지를 보내 사의를 표시하지만 답장은 오지 않는다. 10년이 흐른 후 자신이 근무하는 회사로 행상을 하러 찾아온 청년이 찬 시계를 발견하고, 자신을 구출해 준 중국인임을 확신하는데, 그 중국인 청년은 회사의 중역인 소좌에게 누를 끼칠까봐 모르는 체하고 그 자리에서 사라진다는 줄거리다.

자기가 은혜를 베푼 상대이기에 당연히 소좌에게 보상을 받아 마땅하건만, 그것을 거부하는 순박한 중국인의 아름다운 마음을 강조한 내용이다. 더욱이 당시는 러일전쟁 중이었으므로 일본 소좌는 중국인이 경계해야 할 대상이었다. 하지만 적장인 일본인 소좌를 구출한 뒤 밀고하지 않고 그와 인간적 교류를 나누는 중국인 부자에게서 전쟁, 국경, 신분, 계급을 초월한 인간 본연의 모습을 발견할 수 있다. 작가 난키치는 국가와 이데올로기를 떠나 상반된 환경과 극단적 상황에 처한 인간끼리의 교류를 그림으로써 비인간적 요소가 강요하는 허구성을 고발하고 있으며, 인본주의의 참모습을 강조하는 것이다. 적국의 소년을 찬미하는 내용이었기에 한때 활자화되지 못했던 점(사토 씨 지적)을 고려하더라도 작가의 투철한 소명의식을 엿볼 수 있는 작품이다.

「주운 나팔」

1935년 작품 「주운 나팔」에는 나팔을 주운 가난한 젊은이가 전쟁에 출전해 공훈을 세우려 하지만 길에서 조우한 노인의 조언을 듣고 평화주의자로 변모하는 모습이 생생하게 묘사된다. 전쟁터에서 나팔을 불어 성공하려는 주인공이 "전쟁은 이제 됐어요. 전쟁 때문에 우리들 밭은 망가졌고 먹을 것은 없어져버렸습니다. 우리는 앞으로 어찌하면 좋을까요?" 라고 한탄하는 노인의 말을 귀담아들은 뒤 전쟁터에 가는 것을 그만두고, 밭을 일구며 일하는 농부들을 위해 나팔을 부는 것이다.

당시는 일본 제국주의가 대륙침략을 노골화하며 그야말로 무력으로 아시아를 집어삼키려는 야욕을 내보이던 상황이었다. 이러한 시대적 조류에 내심 반기를 들고 작품을 통해서 평화의 중요성을 알린 작가의 의도에 공감하지 않을 수 없다.

물론, 한때 난키치도 은사인 기타하라 하쿠슈(北原白秋)의 추도시집에 다쓰미 세이카(巽聖歌) 등의 성화에 못 이겨 집필자들과 함께 전쟁 시를 기고한 적도 있었다. 하지만 그것은 동료들과 함께 스승에 대한 보은 차원에서 거절하지 못하고 게재한 것으로 그의 문학에서 유일한 오점으로 기록될 만한 일이었다.

하지만 그 이후 난키치는 대부분의 작가들이 시대적 분위기에 편승해 대륙침략 분위기를 부추기던 때에도 일본 제국주의를 옹호하는 작품을 집필하지 않았다. 혹자는 「곤고로 종」이나 「가아코의 졸업축하회」라는 작품이 시대 영합적 분위기를 자아낸다는 견해를 내세우기도 하나 그것은 잘못된 지적이다. 아동문학가인 나메카와 미치오(滑川道夫) 씨 등에 의해 표면적으로는 당시 유행의 시국 동화를 가장하면서 저류에 깊은 비판을 담고 있다고 밝혀진 바 있다(『니이미 난키치 전집』 제3권, 해설, 牧書店, 1972년). 또는 시국편승의 형식주의를 힐난하거나 풍자해 그리고 있는 것으로 확인된 적이 있다. 그런데 하물며 권력의 탄압이 무서운 기세를 보이던 때에 「주운 나팔」과 같은 반전작품을 썼던 만큼 당시 21세 청년작가 난키치의 투철한 평화주의자로서의 면모를 살필 수 있는 것이다.

「귀」

「귀」도 읽는 이에 따라 해석이 달라질 수 있으나, 전쟁의 시대적 상황을 의식하고 쓴 작품임에 틀림없다. 이 작품 속에서 하나이치 군은 약자로 등장한다. 모두가 그의 귀를 만지며 놀리고 싶어 하는데 참아왔던 하나이치 군은 처음으로 "싫어"라는 표현을 한다. 그런데 주목할 부분은 동료들이 전쟁놀이를 하며 누구를 우군으로 하고 누구를 중국군으로 할 것인가를 정하던 바로 그 순간 그 표현을 하는 사실이다. 작가는 요컨대 가헤이 군이 귀를 만지자 처음으로 싫다는 표현을 하는 장면을 다수가 전쟁놀이를 막 시작하려는 상황에서 하나이치 군에게 발설하게 하는 것이다. 과연 작가의 의도는 무엇일까?

난키치는 "하나이치 군의 대응이 대단히 훌륭하고 영웅적인 부분에 대해 17명의 어린애들은 알게 되었다. 그렇게 분명히 '싫어'라고 말하는 사람이 이 마을 어린애들 중에 지금까지 한 사람이라도 있었던가?"라고 새겼다. 그리고 오래된 악습을 개선하기 위해서는 단호히 "싫어"라고 해야 한다고 덧붙였다. 그 '악습=전쟁, 전쟁 분위기'로 볼 여지가 있다면 전쟁놀이 시작과 함께 귀를 만지는 가헤이에게 "싫어"라고 외치는 하나이치 군의 모습에서 작가의 반전의도를 읽을 수 있겠다.

그 용기가 규스케 군에게도 옮겨와 자전거를 탈 것을 권유하는 다이츠의 권유를 거절하고 규스케가 달리기를 선택하는 의지로 표현되는 곳에서 주제심화를 느낄 수 있다. 그 의지가 상징하는 것은 과연 무엇일까? 교문에 도착하자 규스케는 바로 동급생에게서 일본이 미국, 영국과 전쟁을 시작했다는 얘기를 듣게 된다. 작가가 왜 갑자기 결말에 전쟁 발발에 대한 언급을 삽입했는지 유추할 수 있는 증거는 없지만, 짙은 여운을 주고 있는 것은 부인할 수 없는 사실이다.

「벽」

「벽」은 난키치가 『청춘일기』를 기록한 이듬해인 1934년의 작품이다. 따라서 『청춘일기』에 엿보이는 작가의 진보적 시점과 사회성 짙은 경향이 그대로 투영된 내용으로 볼 수 있다. 이른바 본격적인 프롤레타리아 작품으로 평가할 수 있겠는데, 결말부분에 〈원고 1매 결〉, 〈원고 6매 결〉이 명시된 것처럼 미완의 작품이어서 아쉬운 부분이 없지 않다. 하지만 스토리에 영향을 줄 정도로 이야기가 단절돼 있거나, 호흡이 끊겨 있지는 않다. 거의 완결된 작품이라 평해도 무난할 정도이다.

「벽」은 주인공 싱이 동급생 오토지 집(벽으로 에워싸인 커다란 저택)에 기거하는 오토지의 친척 소녀 나츠코를 발견하고 첫눈에 반하는 사건을 축으로 이야기가 전개된다. 싱은 나츠코에 대해 관심을 보이며 방과후 죽마를 타고 오토지의 집을 들여다보는 일상을 반복한다. 나츠코에 대한 호기심에서라도 싱은 오토지와 친하게 지내는데, 오토지와 딱지치기를 해서 이기자 오토지의 아버지가 끼어들어 딱지를 돌려주라는 말을 듣고 거절한다. 그러자 오토지의 아버지는 가난뱅이 주제에 남의 물건을 탐낸다며 모욕을 주고, 싱은 그 말에 마음의 상처를 크게 받으며 부자와 가난뱅이 사이에 존재하는 벽을 실감한다. 또한 마을 목욕탕에서도 오토지 집 소작인 와지로와 아오키 청년이 나누는 대화("부자와 가난뱅이 사이에는—지주와 소작인 사이에는 제거할 수 없는 벽이 있는 거죠")를 엿듣게 된다.

난키치는 싱을 통해서 어떤 메시지를 독자에게 전하고 있을까? 싱은 오토지뿐만 아니라 나츠코와의 관계에 있어서도 가난한 자의 애환과 빈부 격차에서 오는 고독감을 절감한다. 그게 현실에 대한 좌절감으로 이어져 계층갈등을 조장, 인간성을 말살하고 있음을 작가는 여실히 보여준다. 『청춘일기』 집필 1년 후의 작품인 만큼 여기에서 사회를 바라보는 작가의 비판적 시점이 형상화돼 있음을 유추할 수 있다. 난키치는 『청춘일기』를 통해 '문학에 사회성을 부여하는 것'에 대한 고민을 토로했는데, 「벽」에 그와 같은 시점이 적나라하게 드러나 있다고 해도 과언이 아니다.

하지만 주목할 부분은 작가가 싱이나 아오키 청년과 같은 프롤레타리아 계급의 승리나 성취로 결론을 맺고 있지는 않는다는 점이다. 아오키 청년은 마을 사람과 소작인들에게 단결과 투쟁을 권유하지만, 와지로의 배반으로 경찰에 검거되고 만다. 난키치는 싱의 눈을 통해 가난한 자(노동자, 농민)의 설움과 한계를 정면으로 다루며 직시한다. 그리고 그 설움과 애환이 타파되지 않는 현실에 의문의 잣대를 들이댄다. 즉 난키치는 서민과 약자의 입장에 서서 권력층이나 기득권세력이 조장하는 사회양극화와 격차사회의 현실에 이의를 제기하기 위해 필사적인 노력을 경주한 셈이다.

「벽」은 전집 외에는 수록되어 있지 않다. 하지만 난키치의 또 다른 단면을 이해하는 데 필요불가결한 작품이다. 난키치는 평생 프롤레타리아 사상 고취에 심혈을 기울이거나 좌익활동에 헌신한 작가는 아니었다. 하지만 자본주의의 모순이 극에 달한 사회현실을 꿰뚫어보고 이와 같은 작품을 발표했다는 사실을 인식할 필요가 있다. 사회주의와 좌익문학에 대한 탄압이 극심했던 당시 일본의 시대적 산물로 이해하는 것이 타당하다 하겠다.

난키치는 자본주의 사회에 살면서 그 사회구조적 모순 때문에 피해를 입고 사는 소외된 계층에 관심을 기울였다. 또한 국가주의와 전쟁이 강조되는 시기에 전혀 다른 지위와 환경을 안고 사는 인간이 서로 마음을 나누며 교류하는 모습을 그렸다. 그리고 그러한 인간상을 그림으로써 개인의 가치와 평화의 소중함을 일깨웠다.

거기에 전쟁의 시대를 어떻게 극복할 것인지에 대해 고뇌하는 난키치의 시대상, 작가상이 투영되어 있음은 두말할 나위도 없다.

붙임: 해설 작성에 있어서 니이미 난키치의 고장인 한다 시의 시민단체 '한다 공습과 전쟁을 기록하는 모임'의 조언에 힘입었으며, 니이미 난키치 기념관에서 보내온 자료도 참고했음을 밝힙니다.

지은이 니이미 난키치

일본 북쪽의 미야자와 겐지와 함께 남쪽을 대표하는 동화작가로 널리 알려진 니이미 난키치는 1913년 일본 아이치 현의 한다 시에서 태어났다. 네 살 때 어머니를 여의고 신발가게를 운영하던 계모 밑에서 외롭게 자랐다. 한다중학교 시절 난키치의 집 부근에는 지다(知多) 철도노선 시설을 위해 많은 조선인 가족들이 생활하고 있었는데, 그들이 신발을 사러 방문한 체험을 살려 인간적 교류를 담은 작품을 남겼다.

그 후 여러 잡지에 동화 등을 투고하며 남다르게 문학에 대한 열정을 키웠다. 도쿄외국어학교(현 도쿄외국어대학교) 영어부 문과에 진학한 후 본격적인 창작활동을 시작했으며, 문학 교우들과의 친교를 통해 사회의식에 눈을 떠 반전평화 정신을 키우고 빈부의 격차와 농촌현실의 모순에 대해서도 관심을 가졌다.

25세 때 은사의 주선으로 안조고등여학교에서 교사로 5년 동안 근무하면서 인간에 대한 근원적 사랑과 꿈과 희망을 주는 아름다운 동화들을 다수 발표했다. 결핵을 앓은 뒤 자택에서 요양하며 집필을 이어갔지만 1943년 서른 살의 나이에 요절했다. 대표작으로 매년 일본 초등학교 교과서에 실리는 「금빛 여우」, 「눈깔사탕」, 「장갑을 사러 간 아기 여우」 등이 있다. 100편이 넘는 다수의 동화·동요는 물론, 수십 편의 소설을 남겼다. 1994년 한다 시에 니이미 난키치 기념관이 들어섰고, 연간 5만 명 이상의 관람객이 그곳을 방문, 국민적 동화작가로 거듭나고 있다.

옮긴이 김정훈

간세이가쿠인대학교 대학원 문학연구과에서 문학박사학위를 받았으며 전남과학대학교 교수(1993년~)로 재직하고 있다.

한국의 시점에서 일본 근대문학을 어떻게 읽을 것인가를 고민, 일제강점기 한일평화공존세력의 연대, 한인 징용자와 일본인 교류 양상에 주목하고 있으며, 당시의 조선 관련 문제에도 초점을 맞춰 연구하고 있다. 연구의 연장선에서 강제징용피해, 한·일 시민연대, 한·일청소년 평화교류 등에 관심을 갖고 '근로정신대 할머니와 함께하는 시민모임' 공동대표로 활동하고 있다.

저서에는 일본에서 출간한 『소세키와 조선』, 『소세키 남성의 언사·여성의 처사』, 역서에는 『나의 개인주의 외』, 『명암』, 『전쟁과 문학-지금 고바야시 다키지를 읽는다』, 『땅밑의 사람들』, 『하나오카 사건 회고문』 등이 있다.

니이미 난키치 동화선

2015년 6월 5일 초판 1쇄 인쇄
2015년 6월 10일 초판 1쇄 발행

지은이 니이미 난키치
옮긴이 김정훈
일러스트 김신혁
펴낸이 진성원

펴낸곳 케이디북스(KD books)
등 록 제307-2003-60호(2003년 9월 22일)
주 소 서울시 성북구 정릉로 157
전 화 02-909-2348
팩 스 02-912-4438

ISBN 978-89-91197-98-5 43810
값 10,000원